Kalton Harold Bruhl

NADA PERMANECE OCULTO

Nada permanece oculto
Kalton Harold Bruhl
—1ra edición, Casasola Editores 2023 ©
106 p. 5.5 x 8.5 pulgadas
ISBN-13: 978-1-942369-77-6
Ilustración de portada de Allan McDonald
Diseño de Portada de Galel Estrada
Diseño y diagramación: Casasola Editores
Editado por Óscar Estrada

215 East Hill Rd. Brimfield, MA. 01010
Impreso bajo demanda en Estados Unidos.
Unión Editorial Centroamericana
© Casasola Editores

Kalton Harold Bruhl

NADA
PERMANECE
OCULTO

IMPORTANCIA

El comisario dio un sorbo a la taza de café y apenas pudo reprimir un gesto de disgusto. La bebida estaba desagradablemente fría. En realidad, era su culpa. Se había servido el café hacía media hora, pero la lectura de aquella novela gráfica le había hecho perder la noción del tiempo. Estaba a punto de levantarse del sillón para servirse otra taza cuando el pequeño Tim, el hijo de la dueña de la tienda de conveniencia, entró como una tromba a la comisaría. Comisario, le gritó, algo horrible ha pasado en el puente. El comisario le pidió que se calmara con un gesto de las manos. Tranquilo, muchacho, le dijo, mientras dejaba la novela abierta sobre el escritorio. Cuéntame con calma lo que ha sucedido. El pequeño Tim respiró profundamente. Hay dos cuerpos bajo el puente. Están bocabajo en el arroyo. Los dos visten unos uniformes extraños. El comisario volvió a pedir silencio con las manos y cerró los ojos. Algo en la historia del niño le resultaba extrañamente familiar. Dos cuerpos bajo un puente y con uniformes similares. Abrió los ojos de inmediato y tomó la novela. Así comenzaba la historia. Los dos hombres habían escapado de un complejo militar ultrasecreto. El comisario tomó la novela y se la acercó al niño. ¿Esto fue lo que viste?, le preguntó. El pequeño Tim abrió la boca, desconcertado, mientras asentía con la cabeza. El comisario se frotó el mentón y chasqueó la lengua. Así que querías tomarme el pelo, le recriminó al niño. ¿Sabes que puedo encerrarte por mentirle a una autoridad? El pequeño Tim se estremeció al escuchar la amenaza. No estoy mintiendo, balbuceó. El comisario resopló, fastidiado. Así que piensas que soy lo suficientemente estúpido como para creerte. Lo más seguro es que tú también leíste la misma novela. Si mal no recuerdo la compré en la tienda de tu madre. El niño estaba a punto de llorar. No he leído nada. Estoy diciéndole la verdad, insistió. El comisario tomó la revista y su sombrero. Como quieras, le dijo, vamos al puente y comprobemos quién dice la verdad. Espero que no tengas problemas en pasar la noche en una celda. La verdad era que no tenía ninguna intención de salir de la comisaría y, por supuesto, no podía arrestar a un niño por gastarle una broma. Solo esperaba que Tim aceptara que todo se trataba de eso, de una broma.

El comisario se humedeció los labios con la punta de la lengua. El chico no había mentido. ¿Qué hacías por aquí, Tim?, le preguntó, mientras se acercaba a uno de los cuerpos. Si no me equivoco a esta hora deberías estar en la escuela. Mamá necesitaba ayuda en la tienda, respondió el niño, así que llamó a mi maestra para excusarme. El comisario rio por la nariz. No me lo creo, indicó. Pero tienes talento para las mentiras. Respondiste al instante, sin tartamudear y diste una explicación creíble. Para cualquiera menos para mí. Conozco bien a tu madre y sé que preferiría que la tienda se quemara a que tú perdieras un día de clases. Tú vas a ser alguien. Cada paquete de cigarrillos que le he comprado ha venido siempre acompañado por la misma frase. Así que será mejor que me digas la verdad. Tim suspiró. Está bien, aceptó finalmente, me ha pillado. El comisario se acuclilló junto al primer cuerpo. Le dio la vuelta. Tenía un agujero de bala justo en medio de la frente. Hizo girar el segundo cuerpo. Lo mismo. Un círculo perfecto entre las cejas. A juzgar por los agujeros, las balas eran de un calibre pequeño. Una .22 o quizás una .25 y disparada a una distancia corta. No había orificio de salida, así que los cráneos debían estar rellenos de puré de cerebro. Estoy esperando, le recordó el comisario al chico. Bien, bien, dijo Tim aclarándose la garganta. Hace un par de meses encontré el escondite de mamá. Ese donde guarda la pistola y la caja de municiones. Así que de vez en cuando vengo a practicar tiro al blanco. Se me da muy bien. Soy un talento natural, se podría decir. El comisario se incorporó de un salto. ¿Qué arma tiene tu madre?, alcanzó a preguntar, antes de verse encañonado por una pequeña y brillante pistola del calibre .22.

El comisario levantó las manos a la altura de los hombros. Será mejor que me des el arma, le pidió al chico. No creo que pueda hacer eso, comisario, respondió Tim. Sabe, agregó, esta mañana lo único que quería era probarme a mí mismo si se podía pescar una trucha con una pistola. Nada más. Pero estos tipos salieron de la nada, chapoteando en el arroyo. Se detuvieron frente a mí. Me pidieron dinero. Les dije que no cargaba un centavo. Nos ha visto, Charlie, le dijo uno al otro. Nos ha visto. No voy a decir nada, les aclaré. Esperé a que se acercaran más. Como le dije, soy un talento natural. ¡Pam, pam!, directo en medio de los ojos. Cayeron como bultos en el agua. Esperé unos minutos para ver si se movían y luego me marché a la tienda. Le dije a mamá que nos habían despachado temprano. Un simulacro de incendio, inventé. Pasé por el estante de las revistas y vi la misma novela gráfica que usted estaba leyendo. Por supuesto que la leí completa. Sabe, es una suerte que no haya terminado de leerla. Los dos aparecemos en ella. Los tipos estos no tienen importancia. Eran unos simples conejillos de indias. El ejército no quería involucrarse y a ellos nadie iba a extrañarlos. Pero usted necesitaba resolverlo. Con la reelección a la vuelta de la esquina necesitaba un buen golpe publicitario para asegurar un par de años más en el cargo. Así que con un poco de suerte y mucha necedad termina por descubrirlo todo. El dibujante de la novela es un tipo realmente bueno. Cuando vi el cuadro donde mi madre me abraza y me dice que todo estará bien, casi se me escapa una lágrima. Ah, mi pobre madre. Jamás podría romperle el corazón. El comisario dio un paso al frente. Vamos, Tim, dijo, es solo una novela. No tiene por qué suceder nada de lo que hayas leído. Los dos disparos resonaron en el bosque. El comisario cayó de rodillas. Dos disparos más, ahora en el rostro, y se desplomó por completo.

Tim recogió los casquillos y se alejó de la escena. Tenía muchas cosas en que pensar. Primero debía deshacerse del arma. Tal vez podría enterrarla. Un agujero profundo. O lanzarla al río desde el puente. Ya decidiría algo. Después buscaría el siguiente número de la novela gráfica. Estaba seguro de que se trataba de una serie. Tal vez él seguía apareciendo como protagonista. Quizás, después de todo, su santa madre no estaba tan equivocada y él, muy pronto, sería alguien importante.

TRANSMUTACIÓN

La oruga se detiene en el vértice de dos pequeñas ramas. Se queda allí algunos días, completamente inmóvil y apenas sujeta por un fino hilo de seda. Una mañana su cuerpo se agita hasta que la piel se resquebraja. La crisálida es blanca, casi transparente, pero al cabo de un tiempo termina por endurecerse y adquirir un delicado tono verde con estrías doradas. Dentro los tejidos se disuelven, los órganos se reacomodan y las extremidades se transforman. Solo puedo imaginarlo al ver cómo, a veces, la crisálida se agita. Intento anticipar el aspecto de la nueva mariposa, pero, sobre todo, el color y la forma de sus alas. Escucho pasos que se acercan al tiempo que la crisálida se rompe. La mariposa surge con dificultad y avanza penosamente hacia el borde de una hoja. Son varios hombres los que se acercan. Se cubren la nariz con las palmas de las manos. Lleva aquí por lo menos tres semanas, dice uno de ellos. Yo no les presto atención. Sigo viendo a la mariposa. Sus alas ya se han endurecido y las mueve frenéticamente. Quiero pensar que lo mismo me sucede a mí. Que solo sigo inmóvil porque muy pronto yo también podré volar.

INSTRUMENTO

Los técnicos salen del laboratorio de análisis clínicos. Ambos tienen caras de desconcierto. Hace unos minutos los han despedido por incompetentes. Siento un poco de lástima por ellos, pero tengo una misión que cumplir. Desde hace algunos años cambio las etiquetas en los frascos con las muestras de sangre y orina. Así realizo mis pequeños milagros. El hombre con una enfermedad terminal recibe los resultados de un joven completamente sano. Por unos días volverá a tener esperanzas y dejará de sentir miedo al cerrar los ojos por las noches. La mujer que siempre anheló ser madre recibirá la noticia de que finalmente está embarazada. Se acariciará el vientre vacío mientras las lágrimas de felicidad se deslizan por sus mejillas. El tipo despreciable que se siente dueño del mundo y de la vida de sus empleados leerá con el rostro descompuesto una ilusoria sentencia de muerte. Quizás reflexione y se proponga ser una mejor persona o mejor aún, tal vez se lance esa misma tarde por la ventana. Por ahora solo soy el conserje que todos ignoran, pero más tarde, cuando se marchen, haré a un lado el trapeador y el cubo de agua y volveré a ser el instrumento de Dios sobre la Tierra.

AMBICIÓN

El hombre recorrió la oficina vacía. Se detuvo frente a uno de los ventanales y metió las manos en los bolsillos del pantalón mientras se balanceaba sobre los talones. Las luces de la ciudad y su propio reflejo se fundían en el cristal. Lo había logrado, vaya que lo había logrado. Allí abajo deambulaban miles de perdedores. Miles de hombres y mujeres a quienes les faltaba ambición. Les faltaba ser un poco más como él. Sonrió satisfecho y regresó a su despacho. Encendió su computadora y comenzó a leer el último reporte del mercado de valores. Un par de millones más. Entrelazó los dedos tras la nuca y se reclinó en su asiento. La vida no dejaba de mejorar. Quizás podría encontrar el tiempo suficiente para irse de fin de semana con alguna aspirante a modelo. Su contacto en la agencia siempre le enviaba los portafolios de las más hermosas. Estaba sintiendo un agradable cosquilleo en la entrepierna cuando escuchó el timbre de su celular. Su rostro se ensombreció por el desprecio: era su esposa. Siempre encontraba el momento preciso para importunarlo. Resopló, molesto, antes de responder. ¿Qué quieres?, preguntó. Voy a cambiar a videollamada, anunció la mujer. Está bien, respondió él con indiferencia. ¿Estás solo?, preguntó su esposa, ¿O todavía tienes abajo los pantalones y tu asistente está arrodillada frente a ti? No seas ridícula, ¿para eso me llamaste? Ella guardó silencio por unos instantes. La verdad es que ya no me importa lo que hagas, dijo encogiéndose de hombros. Ni lo que me hagas a mí, agregó, pasándose la punta de los dedos por los moretones en su rostro. Él negó con la cabeza. Eso te lo buscaste tú misma, ya sabes que no tengo mucha paciencia cuando me hacen preguntas estúpidas. ¿Como por qué cada fin de semana regresas oliendo a un perfume diferente?, preguntó ella con sorna. Si únicamente quieres hacerme perder el tiempo, gruñó él, será mejor que corte la llamada. Espera, pidió ella, apenas será un minuto. Quiero que veas. Quiero que sepas que eres el único culpable y que, no importa cómo, vas a pagarme cada golpe y cada insulto. Ella levantó la mano y colocó el revólver contra su sien derecha. Te odio, dijo antes de apretar el gatillo. Él quedó inmóvil por el asombro, sosteniendo frente al rostro la pantalla donde aparecía el cuerpo de su esposa desplomado sobre un sillón. Cuando logró recomponer un poco las ideas se levantó de golpe y dejó caer el teléfono sobre el escritorio. Se llevó la palma de la mano a la frente. No podía creerlo. La muy cerda. En lugar de preparar un viaje a la playa con una jovencita, ahora tenía que preparar el funeral de una vieja. Era una maldita desagradecida. Claro que era a ella a quien le debía su fortuna. Él era un pobre abogado y ella una rica heredera. Su dinero le había ayudado durante su ascenso, pero estaba seguro de que siempre hubiese triunfado. Éra un ganador. Ella había sido solo una herramienta. Una herramienta vieja y oxidada. Curvó los labios hacia abajo. Quizás había sido lo mejor. Llamaría a la policía y reportaría el suicidio. Por lo menos la vieja bruja había actuado con un cierto grado de inteligencia. La policía vería el reporte de las llamadas que lo colocaban a kilómetros de la escena. Además, tenía docenas de testigos: los empleados de la oficina y el personal de servicio en la mansión. Dejó escapar una risita. No solo había ganado un par de millones esa noche, estaba seguro de que después de rebajar los impuestos de la herencia, serían unos trescientos millones más. Fue hacia el bar. Necesitaba un trago. Había mucho que celebrar. Destapó la botella de coñac y buscó una copa. Estaba a punto de saborear el licor cuando se apagaron las luces del despacho. La oscuridad era densa. Siempre tenía corridas las cortinas. La única iluminación provenía del escritorio. Era un pequeño resplandor. El celular, recordó. Avanzó despacio hacia el escritorio. Tomó el celular. En la pantalla se miraba el sillón de su dormitorio. Acercó el aparato a su rostro. El cuerpo de su esposa había desaparecido. Las ideas comenzaron a bullir dentro de su cabeza. Te odio. Te odio. El recuerdo de esas palabras llegó acompañado de una descarga de miedo. Debía existir una explicación. La mucama podía haber encontrado el cuerpo. Algún espasmo post mórtem que arrojó el cuerpo al suelo. Debía tranquilizarse. No podía perder la compostura en este momento. Te odio. Te odiooo. Dio un pequeño salto. Las palabras no estaban dentro de su mente, reconoció alarmado, venían del otro lado del despacho. Dirigió la luz del celular hacia la puerta. El picaporte comenzó a moverse. Te odio, te odio, te odio. El celular se deslizó de sus manos.

Cerró los ojos y empezó a recordar cada insulto y cada golpe.

CONFUSIÓN

Se levanta de la cama y se dirige al baño. Tiene los ojos entrecerrados y a medida que avanza va desgarrando los últimos vestigios del sueño como si se tratara de una delgada gasa. Extiende la mano, pero donde debería estar el picaporte hay un interruptor. Tantea la pared con la punta de los dedos hasta que encuentra la puerta. Se para frente al sanitario y se aprieta la nuca con la mano libre. Luego se dirige al lavabo y abre el grifo. Se lava el rostro con agua fría y cuando finalmente abre los ojos no puede evitar que una exclamación de asombro se escape de sus labios. Se da palmadas en las mejillas y luego se frota los ojos con los puños. Nada cambia. El rostro que lo mira desde el espejo no es el suyo. Vuelve a lavarse, esta vez con agua caliente. Tiene la esperanza de que el calor disuelva esas facciones desconocidas y le regrese las suyas. Cuando abre los ojos lanza una nueva maldición, nada ha cambiado. Regresa a la habitación y enciende las luces. No logra identificar ninguno de los objetos. Busca el pantalón y toma la billetera. El nombre que aparece en la identificación le es totalmente desconocido. Se sienta en el borde de la cama y se masajea las sienes con las yemas de los dedos. Está a punto de tomar el celular y llamar a la policía cuando los recuerdos regresan de golpe. Se va de espaldas sobre la cama mientras ríe a carcajadas. Vaya que es distraído. El otro tipo aprovechó un instante de lucidez para lanzarse frente a un camión. Ahora debe acostumbrarse a este cuerpo. El demonio acerca la identificación a sus ojos y repite varias veces su nuevo nombre.

RECETA

Seguimos la receta al pie de la letra. Fue una suerte que encontráramos todos los ingredientes. Tomillo, albahaca, orégano y perejil. Mantequilla, ajo y limón. Enarco las cejas mientras te lanzo un silbido de admiración. Es nuestro primer platillo juntos y seguro que será todo un éxito. Compruebo la temperatura del horno. 160 grados. No puedo dejar de verte. Estás preciosa. Sujeto con ternura tu cabeza y la acerco a mis labios antes de meterla al horno.

MATEO 17: 21

El joven se agita con violencia sobre la cama. Sus ojos se han puesto blancos y una pestilente espuma se escurre por sus labios. La madre del chico aprieta un rosario contra su pecho. Debes ser fuerte, Juan, dice entre sollozos, el padre Antonio está subiendo las gradas. Finalmente, la Iglesia ha autorizado el exorcismo. La puerta empieza a abrirse. El cuerpo de Juan se tensa intentando librarse de las correas que sujetan sus brazos y piernas. Gruesas gotas de sudor empiezan a formarse sobre su frente. El sacerdote entra a la habitación esgrimiendo una cruz de plata y un frasco de agua bendita. Juan levanta la cabeza para verlo y de inmediato sus labios agrietados se curvan en una enorme sonrisa. Dentro de Juan, el demonio Azmodan ríe a carcajadas ante la imagen del obeso padre Antonio. No hay nada de que preocuparse. Él es uno de los demonios que solo pueden ser vencidos con mucha oración, pero, sobre todo, con mucho ayuno.

UN CUENTO MÁS

Papá vuelve a contarme la historia de Juan sin Miedo. Su voz adquiere un tono lúgubre mientras describe el castillo donde Juan debía dormir durante tres noches si quería casarse con la más hermosa de las princesas. La luz de la hoguera que Juan había encendido en medio del salón proyectaba una multitud de sombras que bailaban en forma macabra por las paredes. Luego papá aúlla y me cuenta sobre los perros que amenazaban con devorar a Juan y extiende los brazos a la vez que arrastra las piernas para mostrarme el lento caminar de los espectros que intentaban echarlo del castillo. Pero Juan nunca tuvo miedo, dice papá al tiempo que me revuelve el cabello. Aunque ya conozco el final de la historia, le pregunto si Juan se casó con la princesa. Por supuesto, me responde, y durante su matrimonio conoció por fin el miedo. Papá ríe durante un buen rato. Es hora de dormir, me dice. ¿Quieres que apague la luz? Le respondo que no, que la deje un momento más encendida. Ya es tiempo que seas como Juan, me dice desde el umbral de la puerta, y dejes de creer en fantasmas. Yo sonrío y pido en silencio que ese día jamás llegue. Extrañaría demasiado a papá.

INVOCACIONES

Según las leyendas, el primer abad del monasterio había ascendido al cielo en cuerpo y alma. Cuando ingresé como novicio, los monjes más viejos me contaron la historia. Pude notar un brillo de orgullo en sus miradas. El proceso de beatificación iba por buen camino. El abad, me relataron, había dedicado su vida al estudio de unos antiguos pergaminos escritos en arameo. En ellos, continuaron al tiempo que se santiguaban, estaban las primeras invocaciones a Dios. Pregunté por los pergaminos. Desaparecieron con el abad, respondieron, el fuego del Todopoderoso lo consumió todo. El abad y los pergaminos desaparecieron en medio de la gloria del Señor, concluyeron antes de retirarse a orar. La historia no hizo más que aumentar mi curiosidad. Busqué en la enorme biblioteca. Quizás fue la suerte, tal vez la Providencia, pero al acercar un resquebrajado pergamino a la luz de una vela, el calor hizo aparecer una escritura secreta. Ahora he empezado su traducción. Las palabras tienen una cadencia extraña que me recuerda al movimiento ondulado de las serpientes sobre la arena. Las leo, primero en silencio, pero luego, sin que pueda evitarlo, comienzo a gritarlas con un ronco acento. Deseo callar y lanzar lejos el pergamino. Su tacto se ha vuelto viscoso y parece palpitar entre mis dedos.

Las paredes de la biblioteca se mueven como la superficie de un estanque en el que ha caído una roca. De pronto se agrietan hasta formar una enorme hendidura. Es difícil describir el horror que surge de ella. Pronuncio el nombre que se repite a lo largo del pergamino. La bestia sonríe, complacida. Ahora comprendo que el abad no había descubierto una forma de comunión con nuestro Salvador. Había encontrado la invocación para algo más antiguo. Si la oscuridad precedió a la luz, también el mal debió existir antes que el bien. Todo empieza a arder a mi alrededor. También yo seré recordado como un santo, pienso con ironía. Cierro los ojos y recibo el fuego que devora mi piel como una última esperanza. Tal vez la conciencia me abandone antes de que la bestia me alcance.

REPARACIONES

Jorgito se para frente a mi cama. Ya es lo suficientemente alto para taparme la vista de la televisión, así que no me queda más remedio que sonreírle y hacer un gesto de interrogación con las cejas. Jorgito levanta su muñeco. Le hacen falta un brazo y la cabeza. Jorge, le digo con un tono de regaño, esta mañana volví a repararlo, no es posible que ya lo hayas arruinado. Jorgito hace un puchero y me estremezco al pensar en el horrible grito que se está formando en su garganta. Le pido que se calme mostrándole las palmas de las manos. Quiero uno nuevo, me dice. Le pido que sea razonable, que su muñeco todavía sirve. Uno nuevo, grita y aspira profundamente. Sé que puede llorar durante horas. Está bien, claudico ante la perspectiva de pasarme en vela escuchando sus insufribles berridos, te daré uno nuevo. Jorgito sonríe y me lanza su muñeco estropeado. Yo me rasco la cabeza pensando en cómo haré para encontrar un bebé a estas horas de la noche.

CAMINO A CASA

He comprado una docena de rosas amarillas. La encargada las ata con una cinta verde. No. No deseo una tarjeta. Prefiero improvisar. El tráfico está más pesado que de costumbre. En la radio del auto suena nuestra canción. Sonrío. En realidad, es mi canción. La escogí la tarde en que te conocí. Esa noche me tiré sobre la cama, ansioso por recordarte. Memoricé cada gesto, cada movimiento y no me resultó tan difícil que fuera mi rostro el que se reflejó en tus ojos cuando sonreíste e hiciste para atrás un mechón de tu pelo. Las canciones se suceden. Cada una encierra una historia. Es el mejor momento del día, cuando no puedo diferenciar los sueños de los recuerdos. Estaciono el auto y entro a la casa. Dejo las flores sobre la mesa y hago un esfuerzo por ocultar mi tristeza al pensar que cuando apriete tu cuello y tu terror y mi placer se entremezclen en el aire, ni siquiera sabrás cuál es mi nombre.

OFICIO

Daniel miró la hora en la esquina de la pantalla del ordenador. Faltaban apenas diez minutos para las ocho de la noche. Hacía tiempo que había terminado con las tareas del colegio y llevaba un par de horas saltando de página en página por la red. Ya se había aprendido las capitales de varios países que ni siquiera sabía que existían. Sin embargo, no podía seguir postergando la hora de irse a acostar. Era mejor hacerlo por voluntad propia y no esperar a que mamá se lo ordenara. Se levantó de la silla y recorrió el pasillo en puntillas. La puerta del dormitorio estaba cerrada. Parecía una buena señal. Al acercarse vio la luz que se escapaba por la rendija cercana al suelo y escuchó voces amortiguadas. Se sintió desilusionado. No cabían dudas: la televisión estaba encendida. Dio un profundo suspiro y giró el picaporte. No podía retirarse a su habitación sin haberle deseado las buenas noches a mamá. Ella estaba recostada sobre varias almohadas y fingió no verlo. Daniel se paró a su lado y se inclinó para darle un beso. Su madre lo evitó rascándose la mejilla. Creo que hay mosquitos, dijo sin dejar de ver la televisión. Daniel se mordió el labio. ¿Quieres que lo volvamos a intentar?, preguntó, casi en un susurro. Su madre se encogió de hombros sin demasiada convicción. Se levantó de la cama y ambos se dirigieron a la cocina. La chica que colgaba de un tubo de metal comenzó a gemir. Daniel bajó la mirada. Su madre suspiró, decepcionada. ¿Para esto me has hecho salir de la cama?, le preguntó, dándole una palmada en la cabeza. ¿Ya olvidaste que por una zorra como esta nos abandonó tu padre? Paso todo el maldito día cocinando y atendiendo mesas. Pero no, el señorito no puede hacer nada por su propia madre. Daniel apretó los puños y luego extendió una mano con la palma hacia arriba. Su madre le entregó el cuchillo. Y recuerda, añadió, los cortes son longitudinales, de arriba hacia abajo, para que las lonchas salgan limpias. Tampoco es cosa de que me eches a perder la carne.

VISITA

Carola se ha comportado de una manera extraña durante toda la noche. Cuando abrió la puerta de su apartamento solamente se hizo a un lado y me dejó pasar sin decir una sola palabra. Nos sentamos en el sillón y me acerqué para besarla. Ella esquivó mis labios fingiendo un estornudo. ¿Qué tal tu día?, le pregunté. Carola se encogió de hombros. ¿No piensas hablar?, quise saber, ¿he hecho algo que te molestara? Carola se limitó a cerrar los ojos. Será mejor que me marche, le dije, al tiempo que me levantaba del sillón. En ese momento me sujetó del brazo y con un movimiento de la cabeza me indicó que no me fuera. Suspiré. Si quieres que me quede será mejor que digas algo. Necesito saber qué te sucede. Carola se levantó y al dirigirse a su habitación me indicó con la mano que esperara. Está bien, le dije, aquí me quedaré. Ahora, mientras aguardo en la sala, palpo mis bolsillos buscando el celular y justo cuando lo encuentro veo que estoy recibiendo una videollamada. Es Carola. Sonrío. Así que se ha encerrado en su habitación para llamarme. Voy a decirle que si ese era su plan podría haberme llamado cuando estaba en mi casa. Deslizo el dedo por la pantalla y respondo la llamada. Hola, me dice Carola, espero que no te molestes, pero no podré verte. Marcela ha venido a darme una visita sorpresa a la oficina y hemos pasado por un café. Hola, Jorge, me dice Marcela acercando su cara a la de Carola. Llevo el celular a mis ojos con incredulidad. Efectivamente, están juntas en el café favorito de Carola. El celular tiembla en mis manos. No tengo fuerzas para sostenerlo. Jorge, Jorge, me llaman desde el aparato. No alcanzo a responder. Las palabras no logran formarse en mi boca. Carola o lo que sea que me acompaña en el apartamento ya ha regresado a la sala. Sonríe con una maligna felicidad y, cuando lo hace, puedo ver unas enormes y afiladas hileras de dientes.

CONDICIÓN

Juan tiene una extraña condición. Siempre hace exactamente lo que le dicen. No es algo tan simple como que si alguien le dijera que saltara en un pie mientras se lleva el índice a la nariz. Eso, Juan lo haría de inmediato. No. Es algo un poco más literal. Su madre lo descubrió cuando Juan estaba prendido en fiebre. Lo tomó en brazos y exclamó al descuido, este niño está que arde. De inmediato el bebé quedó envuelto en una intensa llamarada. Fue una suerte que justo en ese momento su madre tuviera lista la bañera con agua muy fría. Juan cayó al agua y ella solo recibió algunas quemaduras de tercer grado. Unos días después, su madre decidió hacer algunos experimentos. Lo de que el niño ardía estaba de inicio descartado. Era una tarde bastante fría y el pequeño Juan tiritaba. Este niño se está congelando, dijo. Juan adquirió un bonito tono azul al tiempo que todo su cuerpo quedaba cubierto de escarcha. Este niño está perfectamente bien, exclamó alarmada. Juan volvió a tener su color habitual y, como la expresión de su madre había sido bastante específica, al mismo tiempo desapareció la desviación en su ojo izquierdo y las plantas de sus pies, hasta entonces planas, quedaron adornadas con un arco impecable. Lo abrazó, conmovida. Debía cuidarlo siempre. A medida que Juan crecía, los cuidados se iban incrementando. Su madre había descubierto que no solo eran sus expresiones las que podían alterarlo, sino las de cualquier persona. Para su protección decidió educarlo en casa. Solo serían ellos dos, nadie más podría entrar nunca en su pequeño mundo. Desde luego, la madre de Juan pudo crearle una pequeña burbuja dentro de casa; sin embargo, el tiempo es como un erizo con púas muy afiladas. Su madre no lo sabía, pero una enfermedad la consumía por dentro. Cierta mañana no pudo salir de la cama. Juan llegó a su habitación. Ella apenas podía moverse. Vas a ponerte bien, dijo Juan, las madres son para siempre. Tú siempre me lo dijiste. Ella sonrió con tristeza. Siempre seré tu madre, le dijo a manera de despedida. Por primera vez en su vida, Juan estaba solo. No sabía mucho de la vida, pero entendía que lo principal era el dinero. Su madre le había contado que vivían de la pensión que había dejado su padre y de algunos cupones del gobierno. La mayoría de las personas tenían un empleo, le había explicado muchas veces su madre. Quizás eso es lo que debería hacer: buscar un empleo. Salió a la calle. Nada le pareció excesivamente sorprendente. En casa tenía televisión y un ordenador con internet. Aunque, claro, en el momento en que se encontró frente a frente con un par de chicas no pudo evitar quedárseles viendo con una expresión embobada. Una de ellas se le paró de frente. Eres idiota, le escupió y se dio la vuelta, enfadada. Los ojos de Juan perdieron su brillo y un pequeño hilo de saliva se escapó por una de las comisuras de su boca. Juan empezó a vagar sin rumbo hasta que, tal vez la suerte, lo llevó a la entrada de una estación televisiva. Se detuvo frente a las gradas del edificio. La saliva ya le había empapado la pechera de la camisa cuando un productor que, casualmente, salía del edificio se cruzó con él. Chico, le dijo, eres justo lo que estaba buscando. En apenas unos días, Juan se había convertido en la estrella de un exitoso programa de telerrealidad. El público joven lo adoraba. Era como ellos.

Unos meses después, Juan ya era el más importante cantante de música urbana. Todas las canciones de su primer disco habían escalado al tope de las listas de popularidad. Todo hubiera seguido bien y, quizás, Juan hubiese llegado a la presidencia del país, si durante una rueda de prensa, un periodista no le hubiera dicho que admiraba sus letras. Eres un genio, había concluido el periodista casi al borde del llanto. En ese mismo instante Juan sacudió la cabeza. Vio asustado su ropa. ¿Por qué estoy vestido así?, le preguntó a su asistente. Tú mismo diseñaste tu atuendo, le respondió. ¿Qué es ese ruido y por qué el tipo canta como si fuera un gato que acaban de lanzar dentro de un saco al río? Pero si es tu mayor éxito, le respondieron. Juan echó a correr sin que nadie pudiera detenerlo. Permaneció escondido durante algún tiempo. Cambió totalmente su apariencia y se matriculó en una prestigiosa universidad. En menos de un año se doctoró en física, química, matemáticas puras y filosofía. En los años siguientes descubrió una fuente inagotable de energía. Por supuesto, el gobierno no tardó mucho tiempo en detectar que el nuevo descubrimiento de Juan tenía un mejor uso en el campo de batalla. Juan volvió a desaparecer. Se refugió en una cabaña perdida en el medio de una extensa cordillera. Todos lo culpaban por las guerras que asolaban a varios países. Un grupo de pacifistas logró encontrarlo. Juan es un monstruo, corearon todos juntos. Algo rugió tras la puerta de la cabaña. Ninguno de los manifestantes sobrevivió y, todavía ahora, después de muchos años, nadie se atreve a acercarse siquiera a aquellas montañas.

SACRIFICIOS

La mujer se desplomó frente a la muralla del templo y con el resto de sus fuerzas gritó que la dejaran entrar. Un guardia asomó el rostro por entre las almenas. Los perros se llevaron las últimas sobras, le dijo con desprecio. Tal vez mañana tengas más suerte. Por favor, gimió la mujer y señaló el bulto que cargaba en su espalda. Es mi hijo. Muéstramelo, exigió el guardia. La mujer se incorporó con dificultad y desanudó el improvisado morral. No miento, dijo la mujer al tiempo que descubría el rostro del niño. Está oscureciendo, imploró la mujer, los merodeadores vendrán pronto. ¡Abran las puertas!, gritó el guardia. La mujer besó al niño en la frente y comenzó a llorar. Jamás podría terminar de contar sus sacrificios y su sufrimiento. Había sobrevivido durante más de dos años junto a su hijo. En innumerables ocasiones estuvieron a punto de morir. El hambre. Las fieras. Los merodeadores. Sobre todo, los merodeadores. Pero todo eso había terminado. Había luchado por su hijo y había triunfado. La mujer entregó el niño a los sacerdotes y le ordenaron que esperara en un rincón. Se sentó en el suelo y se abrazó las rodillas. La espera le pareció interminable. Finalmente, uno de los sacerdotes la llamó con un gesto de la mano. La mujer se acercó haciendo varias reverencias. Hemos decidido aceptar a tu hijo, dijo el sacerdote sin dirigirle siquiera una mirada. Su carne y su sangre son buenas, de excelente calidad, nos ha dicho el maestro cocinero y, lo mejor de todo, el maestro cirujano nos ha dicho que sus órganos internos serán útiles para prolongar la vida de los señores de la guerra. Tienes suerte. Tu vientre es bueno. La mujer parpadeó, asustada, sin comprender una sola palabra de lo que le decían. En ese momento el sacerdote la miró a la cara y vio el desconcierto en sus ojos. Que puedes quedarte, mujer, le dijo. Tendrás comida y refugio. Solo debes darnos más hijos como el que nos has traído. La mujer intentó besar la mano del sacerdote, pero este la retiró ágilmente. No es necesario, le dijo, ahora ve a la cocina y que te den de comer. Mañana te juntaremos con nuestro mejor semental. La mujer sonrió, satisfecha, y se dirigió a la cocina. Por primera vez en mucho tiempo podría dormir tranquila.

EN EL HUERTO

Mamá nunca nos dejó tener un perro. Es otra boca que alimentar, nos decía. Eran tiempos difíciles en los que escaseaba el dinero. Además, añadía, me estropearía los tomates. Entonces bajábamos la cabeza, derrotados. Tal vez, mamá tenía razón. En aquella época cultivaba un huerto en el patio trasero. Pasaba largas horas cuidando las legumbres. Todos en el barrio la envidiaban. Nadie cosechaba verduras tan buenas. El secreto está en hablarles a las plantas, aconsejaba a los vecinos. Nosotros reíamos al verla hablar con las lechugas y nos dábamos codazos en las costillas cuando parecía que regañaba a las zanahorias. Mamá era una mujer fuerte que jamás se daba por vencida. Yo era la más pequeña, así que nunca conocí a papá. Podíamos hablar sobre cualquier cosa durante las cenas. Menos de papá. Ni siquiera había un retrato suyo en la casa. Cuando mamá murió, mis hermanos decidieron que yo me quedara con la casa. Es lo justo, dijeron, tú te quedaste a cuidarla. Después del funeral decidí adoptar un cachorro. Me haría compañía y, al mismo tiempo, cumpliría mi deseo de niña de tener una mascota. Lo dejé corretear por el patio y, en apenas una semana, ya lo había llenado de agujeros. No tenía sentido regañarlo: ya no había legumbres que proteger. Una tarde lo escuché gruñendo con furia. Me asomé por la puerta y vi que la tenía la mitad del cuerpo dentro de uno de los agujeros que había cavado. Parecía que estaba tirando de algo. Una rata, pensé, alarmada. Podía morderlo. Tomé la escoba y salí al patio. Cuando estuve cerca dejé caer la escoba. No era una rata. No soy experta en anatomía, pero era obvio que se trataba de un fémur. Llevé al cachorro a la casa y regresé con una de las palas de mano de mamá. Aparté la tierra durante un buen rato. Había varios fragmentos de vidrio y de madera. Eran marcos de fotografías. Encontré una que no había terminado de desintegrarse. Allí estaba mamá junto a un hombre de gruesos lentes. Estuve llorando hasta que se hizo de noche. Volví a enterrarlo todo y pisoteé la tierra para aplanarla. Desde entonces el cachorro se queda en casa y yo paso mis tardes en el patio. He vuelto a sembrar legumbres. Todas crecen grandes y sanas. Cuando mis hermanos me visitan hacen bromas y me dicen que me he vuelto como mamá, que yo también parezco una desquiciada hablando con los rábanos y cantándoles a los tomates.

DILES QUE ME MATEN

Así diles. Diles que lo hagan por caridad.

Juan Rulfo

¡Diles que me maten, hijo! Eso parece que me dicen tus ojos. Están enrojecidos e hinchados y apenas puedes moverlos, pero parece que me hablan. Veo las palabras en tus pupilas que se contraen y se dilatan, asemejándose a una boca que grita, que implora. Pongo mi mano sobre tu hombro y lo aprieto con suavidad. Tus ojos ahora suplican. Ya vendrá la enfermera, te digo. Me han dicho que sufres de dolores y que la morfina solo te da un poco de alivio. Es como un descanso durante una golpiza. Cuando pasa el efecto de la inyección, el dolor regresa como nuevo y barrena nervios que hasta entonces habían escapado a su implacable taladro. Eso he escuchado. Hace meses que no puedes moverte. Te desplomaste en un cuarto de hotel sobre tu amante. La hipertensión. La pastilla. El esfuerzo de complacer a ese cuerpo joven y lustroso que solo pensaba en tu dinero. Tus patéticas embestidas mientras aquel coágulo tomaba impulso y echaba a correr hacia tu cerebro, dando

45

tumbos por tus arterias endurecidas. Accidente cerebrovascular isquémico. Así lo llamaron y así lo escribieron en el bloc que cuelga al pie de tu cama. Diles que me maten, me vuelven a decir tus ojos. Yo desvío la mirada hacia mi celular, pero el recuerdo de tus ojos se refleja en la pantalla.

Nunca fuiste un buen padre. Yo escuchaba historias de algunos niños que esperaban ansiosos la hora en que regresara su papá. Se sentaban en las gradas frente a la puerta de sus casas. Con los codos apoyados en las rodillas y una enorme sonrisa en los labios. Yo nunca pude esperarte. Siempre llegabas bien entrada la noche y armando un escándalo de los mil demonios. Escuchaba tu voz pastosa, luego el estruendo de los platos al romperse contra el suelo y, por último, el llanto de mamá. Por las mañanas tenía que hacer silencio. Cuaquier ruido te hacía estallar. Los fragmentos de tus insultos y tus amenazas se incrustaban en las paredes. Era el momento de correr. Sabía por experiencia que si no huía en ese momento descargarías tus cinturonazos en mi espalda. Eso es ser hombre, me decías las pocas veces que me dirigías la palabra. Yo tenía mis dudas. Debes estar agradecido, agregabas, tienes esta casa, la hacienda, la casa en la playa, los autos. Además, me decías con un infinito orgullo, soy un político importante. Un verdadero padre de la patria.

La enfermera te aplica la dosis de morfina a través del catéter. Por fin duermes. El médico de guardia entra a la habitación. No hablamos. Cuando llegaste a este hospital, entre él y yo, nos dijimos casi todo lo que teníamos que contar. Yo era un niño cuando pasó lo que el doctor me comentó.Solo recuerdo que por esos días bebías más de lo habitual y hablabas solo, encerrado en tu estudio. El día que te ingresaron, el médico me llamó a su oficina. Tengo algo importante que contarle, me dijo. Pensé que hablaríamos sobre tu condición o del tratamiento.Voy a contarle mi historia, comenzó el doctor. No, me aclaró, no será todo el relato de mi vida. Solo a partir del día en que conocí a su papá. Él hizo una pausa, como si esperara mi autorización. Yo asentí con un gesto de la cabeza. Cuando lo conocí, su papá ya era senador, me dijo, era su primer período. Hizo una pausa y se llevó las manos al rostro. Mis hijas tendrían casi su misma edad, alcanzó a decir con la voz entrecortada. Esperé a que se recompusiera. En ese entonces, continuó, yo estaba a punto de iniciar mi especialidad. Mi esposa me dijo que no viajáramos de noche, se reprochó, pero eran mis últimos días de vacaciones. Cuando iniciara los estudios no volveríamos a tener otra oportunidad de pasar unos días en la playa. Tenía los ojos fijos en la carretera cuando una camioneta invadió mi carril en una curva. Apenas recuerdo algunas imágenes. La sangre me irritaba los ojos. Pero lo que nunca voy a olvidar es el rostro confundido de su padre cuando salió de la camioneta y se dirigió a mi auto. ¡Ayude a mis hijas!, le supliqué. Su padre se inclinó para escucharme. Apestaba a alcohol. No puedo, me dijo y trastabilló hasta su camioneta. Unos segundos después apareció otro auto. Eran los miembros de su seguridad. Los vi discutir un buen rato. Luego su padre se marchó. Uno de los empleados se quedó sentado en el asiento del conductor de la camioneta. Mi esposa y mis hijas murieron esa noche. Se desangraron durante horas. Luché para que su padre pagara por su crimen. Pero él era un hombre poderoso y yo solo un pobre médico. Él tenía sus influencias y sus millones y yo solo mis recuerdos y tres tumbas recién abiertas. El empleado asumió la culpa y pasó varios años en la cárcel. Su padre siguió con su vida como si nada hubiera pasado.

En ese momento no quise creerle. Claro que te conocía y sabía de lo que eras capaz. Tus contrincantes se retiraban después de sufrir sospechosos accidentes. Tú te reías. Para triunfar también se ocupa suerte, decías, y a ese fulano ya no solo le falta la suerte, también un ojo y una pierna. Sin embargo, nunca te creí capaz de cargar con una muerte. Mucho menos te hubiese creído capaz de dejar morir a un par de niñas. Busqué a tu antiguo guardaespaldas. Lo encontré jugando dominó en la banca de un parque. Me reconoció al instante. Le di la mano y lo invité a tomar un trago. Al principio se negó a hablar, pero con la sexta cerveza se le desenredó la lengua. Lo confirmó todo. Mi padre le había prometido darle paga doble durante los años que pasara en la cárcel. Por supuesto que no había cumplido con su palabra. Dígale al senador que me mande algo de dinero, me dijo el hombre, ahora por las noches me mareo. Me han recetado varias pastillas, pero no me alcanza el dinero. Le prometí que hablaría con mi padre y regresé a la clínica. Lo que me contó es verdad, le dije al doctor. ¿Qué piensa hacer?, me preguntó. Yo pensé en mi hija. Dejarlo todo en sus manos, le respondí.

Ahora te quejas en silencio. Lo sé por el débil estertor que escapa de tu garganta. Sé que el doctor está al tanto del terrible dolor que te recorre las venas como plomo derretido. Sé que has estado a punto de morir muchas veces y que él se ha pasado noches enteras sin dormir para salvarte. Sé que nunca te dejará morir. No sé si el infierno existe, me dijo una vez, así que no puedo arriesgarme a que su padre se vaya de este mundo sin sufrir por lo que me hizo. Esa vez también pensé en mi hija. En su risa. En los besos que me llenan de saliva las mejillas. En sus brazos rodeándome el cuello. En las veces en que me ha dicho que me ama y en las veces en que yo también se lo he dicho. De nuevo el estertor. Ya estás despierto. Diles que me maten. Por favor. ¡Diles que me maten! Tus ojos ruegan, me piden que busque dentro de mí un poco de compasión. Te palmeo el antebrazo. No puedo, papá, te digo. Hay cosas que tienen que pagarse. Para eso somos hombres, ¿no? Además, te digo, antes de marcharme, ya lancé mi candidatura a senador y la imagen del hijo que hace todo para que su padre se recupere me ha hecho subir en las encuestas. Ya puedes estar orgulloso de mí. Seguro que gano.

AULLÁNDOLE A LA LUNA

Siempre pensó que lo trataban como a un perro. En la oficina, cuando se equivocaba en algún reporte, su jefe tomaba el fajo de papeles y lo enrollaba hasta formar un cilindro con el que se golpeaba la palma de la mano. Él bajaba la cabeza e intentaba hundirse en la silla giratoria. En casa era igual, estaba seguro de que la cena que le servía su esposa estaba compuesta por las sobras de ella y de los niños. Él comía en silencio sin dejar escapar una sola palabra de protesta. Una mañana, al levantarse, apenas había avanzado unos pasos cuando algo le dio un fuerte tirón justo en el cuello. Era una broma bastante cruel: alguien lo había sujetado con una cadena. Quiso soltarse, pero descubrió, con una creciente alarma, que en lugar de manos ahora tenía unas patas delgadas y peludas. Intentó gritar. El ladrido que salió de su boca hizo que el sobresalto inicial se convirtiera en una profunda decepción. Volvió a intentarlo. De nuevo un ladrido lamentable. Estaba convencido de que ni siquiera era un perro de una raza noble y de un porte imponente, sino un anodino ejemplar mestizo. Se echó sobre el suelo y apoyó el hocico sobre las patas delanteras. Lo mejor era volver a dormir. Lo más probable es que cuando despertara sería de nuevo un hombre. Claro, todos volverían a tratarlo como a un perro, pero tendría sus manos y podría volver a ocultarse tras un libro o una revista. Cerró los ojos con fuerza y se obligó a dormir. Cuando despertó seguía en el patio. Tenía sed. Por lo menos le habían llevado un plato con agua y otro con comida. El agua estaba tibia. Fue difícil beberla usando solo la lengua. Le faltaba práctica, algo que siempre le reprochaba su esposa. La comida no estuvo mal. Un poco seca, quizás; sin embargo, tenía mejor sabor que el estofado que preparaba su mujer. Volvió a dormir. Despertó cerca de una hora después. El sueño ya estaba durando demasiado, se dijo, al tiempo que se rascaba con la pata trasera. El día dio rápidamente paso a la noche. Uno de sus hijos llegó a soltarle la cadena y le dio un par de palmadas en la cabeza. Él no pudo evitar mover la cola. Si el chico no se hubiera marchado con tanta rapidez, estaba seguro de que le habría lamido la mano. Recorrió lentamente el patio. Todo se miraba diferente desde esa altura. Los olores eran intensos, lo mismo que los sonidos. La verdad es que no era tan desagradable. Fue hasta una de las esquinas del cerco y estuvo a punto de sufrir un infarto. Una mujer vestida de blanco flotaba a unos centímetros del suelo. Cuando era un niño había escuchado las historias sobre la capacidad de los perros para ver a los fantasmas. Así que es cierto, alcanzó a decirse mientras corría hasta la puerta de la cocina. Empezó a rasgarla con sus garras. No quería seguir en el patio. Su esposa abrió la puerta esgrimiendo una de sus sandalias. ¿Qué te pasa?, le gritó alzando la sandalia. La decisión le tomó una fracción de segundo. Era mejor aventurarse con un fantasma a enfrentarse a su esposa. Se quedó junto a la puerta hecho un ovillo. Cerró los ojos a la vez que se repetía que solo era un sueño. Solo un sueño.

Algunos meses después las cosas seguían iguales. Ya se había acostumbrado a que el mundo se redujera al pequeño cuadrado del patio trasero. Su lengua ya había adquirido una agilidad asombrosa. Tal vez por ello habría recibido algunas palabras de elogio de su esposa. La comida estaba realmente bien. El secreto estaba en comerla primero y en beber el agua inmediatamente después. Era agradable sentir cómo se esponjaba dentro del estómago. Los fantasmas ya no lo asustaban. La verdad es que no buscaban hacerle daño. Solo estaban allí, atrapados como él. Sentía lástima por ellos. Sus ojos siempre estaban tristes. Tal vez porque no podían olvidar a alguien o tal vez porque a ellos ya los habían olvidado. Era como si existieran en otro tiempo, en otro lugar. Él, por su parte, todavía no se daba por vencido. Cada noche se repetía que muy pronto despertaría de ese sueño y nunca más dejaría que lo trataran como a un perro. Luego se lamía la ingle y, antes de echarse junto a la puerta, le aullaba a la luna.

BOLSILLOS

Metí la mano en el bolsillo izquierdo del pantalón y descubrí, desconcertado, que parecía no tener fondo. Estiré los dedos sin alcanzar su final. Metí un poco más el brazo. Nada. Encajé el brazo hasta un poco más arriba del codo. El fondo parecía estar todavía lejos. No podía seguir probando en medio de la calle. Seguramente estaba ofreciendo un espectáculo bochornoso. Regresé a casa, me descalcé y me quité apresuradamente el pantalón. Introduje una mano y para mi sorpresa, el bolsillo había vuelto a ser una simple abertura de tela. Volví a vestirme y repetí el experimento. De nuevo el bolsillo parecía extenderse a lo largo de la pernera. Embutí todo el brazo. Con la yema de los dedos palpé una especie de cerradura. Retiré el brazo sin entender nada. En ese momento me asaltó una duda. Metí la mano en el bolsillo derecho. Lo mismo, el agujero se extendía más allá de su profundidad natural. Sentí una argolla y escuché un tintineo metálico. Estaba seguro de que era un llavero. Fabriqué una ganzúa con un gancho para ropa. Efectivamente, era una argolla con una sola llave. La tomé con la mano izquierda y estiré el brazo dentro del bolsillo hasta alcanzar la cerradura. Soy bastante torpe con la mano izquierda, así que tardé un poco en hacer girar la cerradura. Escuché el chirrido de las bisagras al abrirse una puerta. Un par de manos empezaron a escalar por mi pierna. Podía sentir cómo las afiladas uñas se hundían en mi carne. Quise volver a quitarme el pantalón, pero una de las manos ya había surgido del bolsillo y me sujetaba del antebrazo. Corrí a la cocina y tomé un cuchillo. Apuñalé a la mano hasta que soltó su presa. Aproveché esos instantes para quitarme el pantalón y lanzarlo lo más lejos posible. Vi mi pierna. Estaba cubierta por arañazos de los que rezumaba sangre. Me calcé y caminé hacia el pantalón. Lo moví con la puntera del zapato. No sucedió nada. Salté sobre él y lo pisoteé durante varios minutos. Nada. Lo recogí del suelo. Al parecer había vuelto a ser un pantalón común y corriente. Reuní el poco valor que me quedaba y metí la mano en un bolsillo. Era un bolsillo de dimensiones normales. Dejé el pantalón en el suelo, entré al baño y apliqué un desinfectante en mis heridas. Luego fui al armario y puse todos mis pantalones en una bolsa para basura. Cuando regresé a la sala llamé a mi sastre. Le encargué varios pantalones. Tuve que repetirle varias veces las indicaciones. Los quería todos sin un solo bolsillo.

TE DARÍA UNA MANO

Me despertó una terrible comezón en la punta de la nariz. Estiré la mano derecha para rascarme; sin embargo, no sentí alivio alguno. La comezón se burlaba de mí, asomándose ahora desde una de las fosas nasales. Mi cerebro envió instrucciones precisas a las terminales nerviosas de mis dedos. Nada. Ningún resultado. Fruncí el ceño. Algo estaba mal. Encendí la lámpara de mesa con la mano izquierda. Grité durante un buen rato. Mi mano había desaparecido. Acerqué el muñón a la altura de mis ojos. Esperaba encontrar una masa sanguinolenta con hebras de piel y tejidos, pero, para ser sincero, era uno de los muñones mejor formados que había visto en mi vida. Claro, no soy un experto en amputaciones ni aspiro a serlo. Pero era un muñón con una apariencia muy distinguida. Lo acerqué todavía más. Tenía unas estrías alrededor. Eran como las señales de una rosca. Nunca imaginé que todo este tiempo mi mano había estado simplemente adosada a mi muñeca. Quizás solo se había caído. Sacudí las sábanas y busqué debajo de la cama. No aparecía por ningún lado. Encendí todas las luces de la casa. Incluso la llamé con un tono cariñoso. Sé que a los gatos se los llama con una especie de siseo y a los perros con un silbido. Tal vez a una mano se la llamaba con un chasquido de los dedos. Sería algo así como el reclamo de un pájaro durante la época de apareamiento. Intenté chasquear sin éxito los dedos que me quedaban. Hay personas que los hacen sonar como el restallido de un látigo. Yo apenas logré un lastimoso rasgueo. Después de varias horas volví a la cama. Me consolé pensando que el día siguiente sería domingo y podría quedarme encerrado en la casa. Cuando desperté, a la mañana siguiente, mi mano estaba de nuevo en su lugar. Estaba sucia y llena de rasguños. Varias de las uñas estaban astilladas. Me sentí algo tonto, pero tenía que hacerlo. ¿Dónde estuviste?, le pregunté. Los dedos de mi mano se juntaron y adoptaron la forma de la cabeza de un pájaro. La muñeca giró como si fuera el cuello. Aunque no tenía ojos, juro que sentí su mirada de desprecio. ¿Dónde estuviste?, insistí. Los cuatro dedos se separaron del pulgar y se movieron como una mandíbula batiente. Era indudable que se reía de mí. Me sentí ofendido y la abofeteé con la mano izquierda. Fue un error. Se abalanzó hacia mi cuello. Cuando estaba a punto de estrangularme logré pedirle disculpas. La presión de los dedos disminuyó de golpe. De nuevo los dedos formaron la cabeza de un ave. La muñeca se flexionó varias veces hacia atrás, cómo si me preguntara si las cosas habían quedado claras. Yo me froté el adolorido cuello y dije que sí. Desde entonces no hemos vuelto a tener problemas. He aprendido a utilizar la mano izquierda para la mayoría de mis actividades. Es una suerte que ahora la mayoría de las cosas las escribamos con la ayuda de un teclado. No me imagino volviendo a practicar el método Palmer de caligrafía con la mano izquierda. Así que, ahora, la mano derecha es libre de hacer lo que quiera. A veces regresa cubierta de un líquido rojo y viscoso. Yo prefiero no llamarlo sangre. Otras veces apesta a sexo y alcohol. No voy a negar que siento envidia de su vida de aventuras, pero soy un cobarde y nunca me atrevo a preguntarle si, al menos una noche, puedo acompañarla. A veces pienso que podría no regresar. Un accidente. Un animal hambriento. O tal vez, y se me encoge el corazón, encuentre a un apuesto y varonil manco al que considere más digno que yo. Es cierto que ahora puedo considerarme un zurdo funcional y que he dicho que mi muñón es, por mucho, el más bonito del mundo. Y mi mano puede ser una mano despreciable y, sobre todo, una ingrata. Pero tengo que admitir que la extrañaría demasiado. Así que todas las noches duermo con el brazo extendido para que, cuando regrese, no tenga ningún problema al unirse de nuevo a mi muñeca.

GAVIOTAS

Desperté empapado en sudor. La copiosa traspiración había traspaso el piyama e incluso el grueso edredón. Me levanté de la cama y revisé el radiador. Todo parecía funcionar con normalidad. Me cambié de ropa y volví a acostarme. La situación era bastante extraña. Era el mes de enero y la temperatura debería rondar el punto de congelación. Apagué el radiador y encendí el aire acondicionado. Estaba demasiado cansado para buscar una explicación. Me acomodé bajo el edredón y rápidamente volví a quedarme dormido.

A la mañana siguiente, cuando desperté, ya había olvidado todo el asunto. Entré al baño para ducharme. Abrí el grifo y dejé que el chorro de agua tibia borrara hasta el último vestigio de somnolencia de mi rostro. Después tomé la pastilla de jabón y la froté contra mi pecho. Algo no estaba bien. Estrujé el jabón entre mis manos y en lugar de producir espuma comenzó a desmoronarse. Pasé la lengua por mis labios. Es un gesto que repito cada vez que algo me desconcierta. En ese momento sentí la sal que impregnaba el agua. Solté el jabón y formé un cuenco con las manos. Sorbí un poco de agua y la escupí de inmediato. Estaba tan salada como el agua de mar. Salí de la ducha y me vestí a toda prisa. Esa mañana tenía una reunión importante en la oficina. En cuanto la finalizara llamaría al encargado del edificio.

Regresé al apartamento con un terrible escozor en la piel a causa de la sal que la cubría. Mojé una toalla con el agua de una jarra que guardaba en el refrigerador y me froté los brazos y el cuello. Me descalcé y busqué mis pantuflas. Retiré los pies al instante de calzarlas. Tenían algo dentro. Alcé una y la giré mientras mantenía la palma abierta bajo ella. Un chorro de arena se acumuló en mi mano. En la oficina había olvidado llamar al encargado. Tomé el celular y marqué su número. Tuve la sensación de que en lugar del teléfono me había llevado un caracol al oído. Podía escuchar el rumor de las olas. Y, si cerraba los ojos, escuchaba incluso el reclamo de las gaviotas. Lancé el celular a un sillón y junté las manos frente a mi boca. No entendía nada.

Hola, Gustavo, dijo alguien a mi espalda. Yo giré dando un salto. Una joven mujer me sonreía desde el otro lado de la sala. Esa voz. Esa sonrisa. ¿Julia?, pregunté sin mucha convicción. Ella avanzó hacia mí y se colgó de mi cuello. La misma, me dijo, antes de plantarme un beso. Es imposible, le dije, estás exactamente igual y deben haber pasado al menos treinta años. Treinta y uno, me corrigió. Yo me aparté y me dejé caer sobre el sillón. Es imposible, repetí. Debe ser su hija, pensé, y Julia la envió a jugarme una broma. Soy yo, afirmó, soy Julia.

La había conocido durante unas vacaciones de verano. Pronto nos hicimos amigos y, una noche, nos volvimos algo más. Yo supliqué y juré hasta que ella claudicó. Júrame que volverás, me dijo. Te lo juro, le prometí, y cuando vuelva, agregué, siempre estaremos juntos. Ella sonrió, complacida. Nos despedimos al día siguiente. Ella me recordó mis palabras. Yo las confirmé con un beso. Jamás volví a verla.

Soy Julia. La voz me arrancó de los recuerdos. Volví a verla.

Era ella. No podían existir dos personas que se parecieran tanto. No entiendo, le dije. No hay nada que entender, me dijo. Me prometiste que siempre estaríamos juntos, pero nunca regresaste. Te esperé un par de años y cuando finalmente comprendí que me habías abandonado decidí no esperar más. Ahora estoy aquí y eso es todo lo que importa. Las promesas son para cumplirlas. Me levanté del sillón. Había un tono de amenaza en su voz. Era solo un joven, me excusé. Yo también lo era, dijo, pero mírame ahora, después de tanto tiempo bajo el agua mi cuerpo también ha cambiado. Lancé un grito al ver cómo su piel se tornaba primero azul y luego adquiría un aspecto hinchado y poroso. No quisiste volver al mar, me dijo, así que he traído el mar hasta ti. Quise hablar, pero sentí cómo la boca se me llenaba de agua salada. Caí de rodillas. Ya era imposible respirar. A lo lejos volví a escuchar el reclamo de las gaviotas.

PUNTO CIEGO

Tuve un accidente en el auto. Soy un conductor responsable que siempre maneja a la defensiva. Cada vez, antes de virar, reviso todos los espejos retrovisores. Así que no podía explicarme cómo no había visto el otro auto. Es el punto ciego, me explicó un amigo. Debes mover los retrovisores, continuó, hasta que ya no puedas ver ninguna parte de la carrocería de tu auto. La explicación me satisfizo por el momento. Había escuchado que también nosotros tenemos un punto ciego. Busqué información en línea. Efectivamente, siempre existe un punto ciego. "El punto ciego del ojo derecho", leí, "se encuentra a la derecha de nuestro eje central de visión, mientras que en el ojo izquierdo se encontrará a la izquierda de nuestro eje central de visión". En ese momento me tapé alternativamente cada ojo con la palma de la mano y realicé los ejercicios indicados para localizar, con toda precisión, los puntos ciegos. "Con ambos ojos abiertos", seguí leyendo, "los puntos ciegos no pueden percibirse porque al unir los campos visuales de cada ojo estos corrigen el espacio no percibido". Esa información me sumió en la tristeza. Así que había pasado toda mi vida viendo solamente una porción de la realidad. No soy muy hábil ni muy ingenioso, pero quizás por esas carencias, estoy dotado de una persistencia asombrosa. Estaba decidido a eliminar los puntos ciegos. Pedí vacaciones en la oficina y dediqué todo mi tiempo a construir una armazón llena de espejos. La noche en que la terminé la coloqué en mi cabeza y empecé a recorrer la habitación. Pude ver con toda claridad cómo alguien corría y se metía al clóset. Muchas veces había tenido la impresión de ver una sombra con el rabillo del ojo. Ahora no era una simple sombra. Fui al clóset y abrí la puerta. Un niño estaba encogido en una esquina mientras se tapaba la boca con ambas manos en un patético intento de no hacer ruido. ¿Qué haces en mi clóset?, le pregunté. El niño abrió los ojos asombrado. No esperaba que pudiera verlo. Este es mi clóset, me dijo, tengo que esconderme de los hombres malos que se llevaron a mamá. Me rasqué la cabeza, confundido. En ese momento escuché el incesante goteo que me atormentaba por las noches. Siempre me levantaba a cerrar el maldito grifo; sin embargo, a los pocos minutos de haberme acostado las gotas volvían a taladrarme los oídos. Entré al baño y vi a un tipo parado frente al inodoro. Se sacudió al verme. Disculpe, se excusó, padezco de una terrible incontinencia urinaria, cada gota me arde como no puede imaginarse. No tardaré mucho en desocupar el baño, me dijo. Le indiqué que se tomara el tiempo necesario con un gesto de la mano. Salí del baño y me quité la armazón de espejos. Nunca más, me juré, volvería a quejarme de los puntos ciegos.

TODO SE TRANSFORMA

Según la primera ley de la termodinámica, llamada también principio de conservación de la energía, esta no se crea ni se destruye, solo se transforma. Siempre he pensado que con la suerte sucede lo mismo. Somos afortunados porque en el mismo instante en que la suerte llama a nuestra puerta, la desgracia se ha plantado frente a la puerta de otro. Si un día, por ejemplo, nos toca el premio mayor en la lotería ha sido porque un puñado de miserables lo han perdido todo en alguna transacción desafortunada. Si vamos por la calle y esquivamos por poco la maceta que ha caído de un quinto piso, podemos estar seguros de que a un desdichado chino le ha abierto la cabeza un bloque de cemento que se ha desprendido de un muro. Si tropezamos en la sala de nuestras casas y evitamos por pura casualidad la caída, es muy probable que un bosquimano se haya enredado con una raíz en plena selva y en ese instante se pase el dorso de la mano por los labios reventados. También he pensado que como todas las cosas son proporcionales, aquellos que abusan de su suerte son unos auténticos sociópatas. Pensemos en esas historias de supervivencia. Imaginemos al tipo imprudente que decide lanzarse con sus esquís desde lo más alto de una montaña.

El sujeto choca contra una roca oculta por la nieve y pierde el equilibrio. El tranquilo descenso se ha transformado en una accidentada caída libre de más de dos mil metros. Suponemos que cuando el tipo llegue al fondo de la montaña lo hará en calidad de fiambre. Pero nos equivocamos. Solamente se sacude la nieve del traje y brinda a las cámaras la más estúpida de sus sonrisas. Por supuesto que durante los tres minutos que ha durado su caída, se habrán desnucado decenas de personas alrededor del mundo. Otras habrán corrido con un poco más de suerte y solamente habrán quedado lisiadas de por vida. Así que donde todos miran a un tipo osado y digno de elogios, yo veo a un terrible asesino que solo merece mi desprecio. En lo personal me considero un buen prójimo, incapaz de dañar a nadie. Así que he decidido no volver a salir de casa. He obtenido un trabajo a distancia y hago todas mis compras en línea. Espero que la persona que perdió su empleo cuando yo conseguí el mío encuentre pronto una nueva ocupación. También hago suficiente ejercicio y procuro una dieta balanceada. No quiero que un par de niños queden huérfanos porque su padre ha sufrido un infarto causado por mi colesterol alto. A veces pongo algo de mi dinero en las inversiones que recomiendan los asesores económicos que pululan por las redes. Sé que irremediablemente voy a perderlo; sin embargo, me siento feliz al pensar que quizás sea una madre quien lo reciba y pueda comprar con él, los medicamentos que necesita su hijo enfermo. Otras veces me golpeo a propósito con las esquinas de los muebles. Es posible que alguien en ese momento reciba una caricia o unas confortables palmadas en la espalda. No son grandes hazañas, pero bastan para que en esos momentos me sienta como un héroe. Desde luego, me cuido mucho de pensar que soy afortunado. Lo último que quiero es que alguien sufra por mi culpa.

LECCIONES

Papá, pedía el niño todas las noches, cuéntame un cuento. El padre llegaba a casa agotado y con la mente puesta en su sillón favorito y en la compañía de una cerveza, pero siempre terminaba accediendo. Los cuentos comenzaban con la fórmula usual: había una vez un niño o había una vez una niña. El resto de la historia tenía más variedad. A veces el niño estaba en un parque. Otras veces la niña caminaba hacia la escuela. Cada uno de ellos se había portado mal. Algunos irrespetaban a sus mayores, otros desobedecían a sus padres y la mayoría olvidaba el más viejo de los consejos y hablaban con extraños. Quien se porta mal, concluía invariablemente, termina mal. Luego el padre se inclinaba para besar la frente de su hijo y se marchaba a su sillón favorito. Encendía la televisión y mientras bebía su cerveza esperaba la noticia sobre el niño o la niña que se había portado mal ese día.

JUBILACIÓN

Perdí el ojo izquierdo un 14 de abril, justo el día después en que cumplí siete años. Celebramos el cumpleaños en el campo. Mamá horneó un enorme pastel. Papá le dijo que exageraba. Ya me han confirmado que llegarán, le dijo mamá, seguro que ni siquiera ajusta para todos. Papá se encogió de hombros y torció los labios con escepticismo. Cuando llegamos el lugar estaba repleto. Te lo dije, sonrió mamá, hasta ha venido tu tío Arturo. Papá también sonrió. No me lo esperaba, dijo antes de bajar del auto. Todos reían y se abrazaban. Los hombres comparaban sus barrigas e inclinaban las cabezas para determinar quién había perdido más cabello. Luego se mostraban entre ellos a sus hijos y discutían si se parecían a ellos mismos o a sus madres. Los abuelos, sentados en unas sillas plegables, lo miraban todo con una mezcla de nostalgia y alegría. Yo estaba atento a la mesa sobre la cual iban colocando mis regalos. Estaba repleta de cajas de todos los tamaños y colores. Nos quedamos allí hasta el atardecer. Nadie quería marcharse. Ahora que lo pienso, esa fue la última vez que toda la familia estuvo junta. Los abuelos murieron unos años después. Papá también nos dejó en la época en que yo terminaba la escuela. Pero en ese momento no faltaba nadie.

No había necesidad de recordar a nadie, de extrañar a nadie. Antes de irnos yo me alejé un poco y me acosté sobre la hierba. El sol se estaba ocultando y el cielo parecía una acuarela pintada por un niño con un gusto excesivo por el rojo y el naranja. Cerré los ojos pensando en que era feliz y que lo mejor sería que ese día jamás terminara. A la mañana siguiente descubrí que había perdido el ojo izquierdo. No. No había amanecido con la pupila blanquecina ni mucho menos con la cuenca del ojo vaciada. El ojo seguía siendo normal en apariencia. Quizás lo correcto sea aclarar que no perdí el ojo un 14 de abril, sino que este se quedó varado en el día anterior. Con el ojo derecho veía lo que estaba sucediendo en ese instante, pero si me lo cubría, el ojo izquierdo seguía registrando lo que había pasado durante mi cumpleaños. Si usaba solo el ojo derecho veía mi habitación. Si usaba el izquierdo veía a mamá decorando el pastel. Era para volverse loco. Al principio no lo comenté con nadie, sin embargo, mis padres empezaron a notar que siempre mantenía cerrado el ojo izquierdo. No podía decirles la verdad, así que inventé la historia de que no soportaba la luz. Me llevaron a varios médicos sin que pudieran encontrar algo raro en mi ojo. Todo está bien, concluían siempre, no hay daño en la retina ni en la mácula. ¿Ha sufrido algún golpe en la cabeza?, preguntaban. Yo lo negaba. Los médicos volvían a hacer anotaciones y recetaban nuevos exámenes. Con el tiempo mis padres terminaron por resignarse y empecé a usar un parche. Entonces fingía que era un pirata y convertía mi cama en un velero. Incluso llegué a pedirle a mi madre que me comprara un loro. Cuando faltaron mis abuelos y, sobre todo, cuando faltó mi padre, me encerraba en mi habitación y cambiaba la posición del parche. Esperaba el momento en que volverían a estar frente a mí. No podían escucharme. Tampoco yo podía hacerlo. Solo miraba el movimiento de sus labios. Cuando estaba triste colocaba otras palabras en sus labios. Inventaba que decían que todo saldría bien, que no debía preocuparme. Me esforzaba por convencerme a mí mismo que eso era lo que decían, aunque quizás en ese instante solo habían pedido otro pedazo de pastel o un vaso de refresco. Ahora que han pasado los años, mi ojo derecho solo me sirve para percibir ausencias. Estoy cada vez más viejo y cada vez más solo. En la oficina, los compañeros de mi edad hablan de los lugares que visitarán cuando se jubilen. ¿Y tú, me preguntan, a dónde irás cuando te retires? Yo lo he decidido desde hace mucho tiempo. Cambiaré permanentemente el parche a mi ojo derecho y volveré a aquel día de abril. ¿A dónde irás?, insisten. Iré al campo, les digo con una sonrisa, a reunirme con toda mi familia.

MADERA

Al principio comenzó como una leve molestia en el oído. Como una pequeña comezón. Me rascaba el conducto auditivo con el dedo meñique y el alivio me duraba el resto del día. Una noche me pareció sentir que algo se movía. De pronto recordé todos esos vídeos de personas a las cuales les extraen de los oídos insectos adultos. Lo imaginé todo. La cucaracha grávida que había desovado en mi oreja y las cucarachas bebés que emergían del huevo comunitario y se aferraban a mi tímpano con sus patitas débiles y traslucidas. Empecé a temblar presa del pánico y del asco. Conduje hasta la sala de emergencias. El médico tuvo que administrarme un calmante. Unos minutos después me mostró la pinza que había utilizado durante la intervención. No era una cucaracha como me temía. Era una pequeña viruta de madera. Sonreí lleno de alivio. Por supuesto que no me explicaba cómo había llegado la madera hasta allí. La verdad tampoco me interesaba. Era suficiente con saber que mis oídos no se habían convertido en una guardería para cucarachas. Habría olvidado todo el asunto si unos días después no hubiera encontrado un pequeño volcán de polvillo amarillento sobre la almohada. Tenía la apariencia de la fécula de maíz. Tomé una pizca con los dedos y me lo acerqué a la nariz. Tenía un leve aroma a madera. Miré hacia el cielo falso. Evidentemente era de fibrocemento. No pude encontrar su origen, así que me limité a sacudir la almohada. Se me hacía tarde para llegar a mi trabajo en la universidad. A partir de entonces volví a encontrar el polvillo con cierta regularidad. Tomé una muestra y lo llevé al laboratorio de la universidad. Cuando me entregaron los resultados confirmé mis sospechas. Se trataba de aserrín. Sin embargo, me dijeron, no provenía de un solo de tipo de madera. Me recomendaron llevar una muestra a la facultad de biología. Allí podrían darme más detalles. Un par de semanas después recibí el informe. 70 por ciento Pinus pseudostrobus; 28 por ciento Pinus cembra; 2 por ciento Pinus nigra. Es una mezcla extraña me dijo el encargado del laboratorio. Le pedí que se explicara. Es una composición de pino americano, pino del centro de Europa y pino africano. Esas palabras resonaron en mi cabeza. En algún otro lugar había leído esas mismas proporciones. Cuando llegué a la oficina lo recordé. Hacía unos meses había comprado un kit de mapeo de ADN. Busqué el correo electrónico con mis resultados. Era sospechosamente parecido. Los mismos porcentajes y las mismas regiones. Por alguna razón recordé los regaños de mi madre cuando no lograba memorizar las tablas de multiplicar. Tienes la cabeza llena de aserrín, me decía. Era algo absurdo, pero incliné la cabeza hacia el lado izquierdo y me di unos golpes con el canto de la mano en la sien derecha. Sentí cómo el aserrín caía por la oreja izquierda. Repetí el ejercicio inclinando la cabeza hacia el otro lado. El aserrín cayó por la oreja derecha. No podía creerlo. A pesar de lo que me decía mi madre, siempre me he considerado una persona inteligente. Soy catedrático de ciencias políticas en la universidad estatal, he publicado una docena de libros, y he sido asesor de varios presidentes. Algún cínico y envidioso podría decirme que solo había que ver el estado de la educación superior o, en general, el estado del país. Me estaba deprimiendo. Primero porque a ningún hijo le gusta aceptar que su madre ha estado siempre en lo cierto. Y, en segundo lugar, y esto era lo que más me abatía, era el hecho de que el aserrín proviniera solo de pinos. De alguna forma hubiera preferido que proviniera de maderas más nobles como el sándalo, el laurel o el cedro. Eso me hubiera confortado un poco. Estaba todavía digiriendo la idea cuando sonó mi celular. Esa noche había una reunión urgente de gabinete en el palacio presidencial. Cuando nos ocurre algo especial, algo maravilloso que nos vuelve únicos, nos volvemos egoístas y deseamos con todas nuestras fuerzas que nadie más experimente nuestro gozo. Pero cuando se trata de algo malo nos consolamos pensando que podría sucederle a cualquiera. Otra vez escuché las palabras de mi madre. Mal de muchos, consuelo de tontos, me decía. Me importaba un pepino la sabiduría de mi madre. Tenía que saber si no era el único. Antes de llegar a la reunión pasé por una tienda de animales exóticos y compré varias termitas. Las metí en una cajita plástica y las guardé en el bolsillo de mi saco. En el medió de la sesión, cuando discutíamos la viabilidad de varios proyectos, dejé escapar, con disimulo, las termitas sobre la mesa. Bien podría haber dejado escapar a un león hambriento. Estoy seguro de que la reacción hubiera sido la misma. Los ministros y asesores se levantaron de golpe de sus sillas y corrieron a pegarse de espaldas a las paredes. ¿Qué sucede?, preguntó el presidente. Termitas, le respondió el ministro del Interior con el mismo tono de pavor con que hubiera pronunciado el nombre del más terrible de los demonios. El presidente palideció y sufrió un desmayo. El escándalo duró más de dos horas. El ministro de Seguridad hablaba de una tentativa de magnicidio. Yo estaba aliviado al comprobar que no era el único que tenía la cabeza llena de aserrín, pero bastante asustado al pensar que podrían descubrir que yo había llevado las termitas. Seguro revisan las cámaras, me martirizaba. Repasé mis acciones. Lo cierto es que había sido bastante cuidadoso. Tenía las termitas en el cuenco de la mano y las había soltado cuando fingí tomar un vaso. Procuré calmarme. Era difícil que me descubrieran. Uno de los miembros de la seguridad presidencial se presentó en el salón. Nos informó que la sesión no se reanudaría, pero que debido a la gravedad de los acontecimientos seríamos escoltados a nuestras casas. Generalmente conduzco mi vehículo, pero esa noche nos pidieron que lleváramos un conductor. Otro auto nos seguiría durante el trayecto. Miré mis manos. Todavía temblaban. Necesitaba tranquilizarme y se me ocurrió que una buena forma de hacerlo sería conversando con el conductor. Realmente me sorprendió. Era un prodigio a la hora de hilvanar disparates. Cada uno de sus razonamientos era más estúpido que el anterior. Podía imaginarme el aserrín saliendo a chorro por sus orejas. Sin que pudiera evitarlo empecé a reír. La frase nunca había sido tan cierta. El muchacho tenía madera para presidente.

EL CASO DE LA ESPOSA DESAPARECIDA

Afuera caía una fuerte tormenta y el tipo había entrado como una tromba, sacudiéndose el agua con un fuerte movimiento circular. Así que en este caso no se trataba de un lugar común, sino que de un símil meteorológico bastante acertado. Mi esposa ha desaparecido, gritó a la vez que apoyaba los puños sobre mi escritorio. Le pedí que se calmara con un gesto de las manos. Él respondió de la misma manera, solo que sus manos me pedían que esperara. Es una llamada importante, me aclaró en voz baja. Mientras lo escuchaba hablar por el celular sobre la compra de las acciones de una pequeña compañía, hice un repaso de las fechas en que se vencían mis obligaciones. Una semana para el alquiler. Un par de días para la electricidad y la línea del teléfono. Los detectives podemos encontrar casi cualquier cosa menos una fuente constante de ingresos. Sin embargo, a pesar de las dificultades económicas, estaba seguro de que estaría peor si hubiese querido encontrar un buen trabajo con mi título de licenciado en filosofía. Bueno, estaba casi seguro. Como decía Descartes, no hay verdades absolutas ni falsedades absolutas. Solo verdades relativas. Así que cuando revisaba la billetera y la encontraba sin un solo billete, me consolaba pensando que no era un desgraciado absoluto, sino un afortunado relativo que gozaba de cierta salud física y mental. No estaba tan mal. Siempre me quedaba la perspectiva de una larga vida para seguir sufriendo. ¿Por qué estoy aquí?, me preguntó el hombre tras finalizar su llamada. Si no cree en Dios, le respondí de manera automática, usted es el resultado de una serie de acontecimientos naturales que ocurrieron al azar, pero si cree en un ser superior, usted es parte de un plan en el cual su vida tiene un propósito específico. El hombre parpadeó durante algunos instantes. No sea payaso, dijo finalmente, le pregunto la razón por la cual estoy en su oficina. Tosí para disimular la vergüenza. Algo sobre su esposa, le dije. El tipo se palmeó la frente. Es cierto, dijo, ha desaparecido. Mi nombre es Thomas Anderson, dijo al tiempo que me alargaba una de sus tarjetas. Por lo visto era un corredor de bolsa. Coloqué la tarjeta sobre el escritorio y tomé un pequeño bloc de papel y un bolígrafo. ¿Cuándo desapareció?, quise saber. El señor Anderson se rascó la cabeza. En realidad, no recuerdo la fecha exacta, admitió. Debo confesar que últimamente nos hemos distanciado un poco. Se quedó callado por un momento, como si esperara que juzgara su comportamiento. Aunque vio que no había ningún signo de reproche en mis ojos, continuó disculpándose. Usted sabe, el trabajo, las ocupaciones. Asentí con la cabeza para reafirmarle mi falsa empatía. Calculo que serán ya unas dos semanas, me dijo entornando los ojos, como si buscara una fecha concreta en el fondo de su memoria. ¿Ya dio aviso a la policía?, le consulté. Se estrujó las manos con nerviosismo. Usted sabe, me dijo, si le ha sucedido algo, el primer sospechoso sería yo. Pero le juro que no le he hecho nada. Además, continuó, tengo la plena certeza de que sigue con vida. ¿Por qué lo dice?, quise saber. Bueno, explicó, me siguen llegando los reportes de uso de sus tarjetas de crédito. Son tarjetas adicionales a las mías, así que cada compra que realiza me es notificada de inmediato por el banco. Me mostró la pantalla del celular para probarlo. Alguien más podría estar usando sus tarjetas, le dije. Es imposible, dijo de inmediato, vea las compras, ¿cuántas personas conoce que comprarían un enrollador automático de espaguetis, una mini escopeta para matar moscas, un set de bigotes postizos estilo Burt Reynolds y, para rematar, pagarían un año completo de la cuenta premium de YouTube, todo en un mismo día? Tuve que reconocer que al principio me pareció un argumento válido, pero de inmediato tuve una duda: ¿para qué utilizaría una dama un set de bigotes postizos? Se lo comenté a Anderson. Este pareció sonrojarse. En realidad, son para mí, dijo. Eso me pareció todavía más sospechoso. Bien, voy a explicárselo, dijo con un tono de derrota al ver mis ojos entrecerrados, mi esposa los usa durante las noches. Usted sabe, continuó, que con el tiempo la llama de la pasión se va a apagando y yo siempre he sentido una extraña debilidad por el bigote de Burt Reynolds. De pronto tosió fingiendo estar enfadado. Pero no estoy acá para discutir esos temas, no olvide que mi esposa sigue desaparecida. Tiene razón, le dije, pero si es ella quien hace las compras quiere decir que no encuentra en ningún aprieto. Quizás solo quiere estar sola. No lo creo, dijo, no soporta la soledad por mucho tiempo. Entonces, le dije, seguramente está muy bien acompañada. Anderson curvó los labios hacia abajo y negó con la cabeza. Firmamos un contrato prenupcial. Ella sabe que si se demuestra su infidelidad no recibiría un solo centavo. No es ninguna tonta, añadió. Entonces, resumí, su esposa desapareció hace un par de semanas, ha seguido usando sus tarjetas, por lo que asumimos que sigue con vida. Y como pude ver en los recibos de compras, agregué, sigue en la ciudad. Efectivamente, confirmó Anderson, incluso podría decir que de vez en cuando entra a la casa. ¿Por qué lo dice?, quise saber. Bueno, dijo, a veces me parece escuchar su voz, sobre todo por las noches. Me levanto sobresaltado de la cama e intento descubrir el origen de su voz. Esta se va alejando, se va volviendo más delgada, como una soga que se deshilacha y finalmente desaparece. ¿No podría tratarse de un sueño?, pregunté. Imposible, respondió, yo nunca recuerdo mis sueños. ¿Alguna alucinación?, inquirí con cautela. Anderson suspiró ofendido. Estoy completamente cuerdo, exclamó levantando el índice. Abrí la boca para decir algo, pero se llevó el índice a los labios para indicarme que guardara silencio. Si quiere relacionar mi afición al bigote de Reynolds con mi salud mental, le aseguro que no encontraría ninguna relación. Yo bajé la cabeza y torcí el gesto. Si tan solo me hubiera dicho que tenía cierta fijación por el bigote de Tom Selleck no tendría dudas, dije en voz baja. ¿Qué ha dicho?, quiso saber mientras se acercaba con una actitud desafiante. Nada, nada, dije rápidamente, solo pensaba en voz alta si no se tratará todo de una broma de su esposa. Ah, bien, dijo, creí que había dicho otra cosa. Con lo de que podría ser una broma de mi esposa, no lo creo. Sofía sabe que detesto las bromas. En ese momento vio su reloj de pulsera. Vaya, exclamó, se me ha hecho tarde. Metió la mano en el bolsillo interior de su traje y extrajo un fajo de billetes. Estoy seguro de que esto bastará para que comience a trabajar, dijo mientras lo dejaba caer sobre mi escritorio. ¿Necesita un recibo?, le pregunté. Lo que necesito es que encuentre a mi esposa, respondió antes de marcharse.

En el preciso instante en que se cerró la puerta comencé a contar los billetes. Eran 30 de los grandes. Lo mejor de todo era que no me había pedido un recibo por honorarios. No tendría que declararlos. Además, era más que suficiente para sobrevivir otro par de meses. Los metí en mi billetera. Abultaban tanto que incluso se dificultaba doblarla. Era una imagen hermosa. Estaba secándome una lágrima de felicidad cuando alguien entró a la oficina. Me abrí un ojo con el índice y el pulgar de la mano izquierda mientras me abanicaba con la derecha. Un sucio en el ojo, expliqué antes de saber siquiera quién había entrado. Me froté los párpados con los puños y los abrí lentamente. Era una rubia de unos cuarenta años. Buenas tardes, dije, con un tono de voz más grave, ¿en qué puedo ayudarla? Ella permaneció en silencio viendo la silla de visitas. Me levanté de un salto y corrí a moverla para que se sentara. Muchas gracias, dijo, mientras colocaba el bolso sobre sus muslos. ¿En qué puedo ayudarla?, repetí. Ella suspiró. Mi esposo se encuentra desaparecido, dijo al tiempo que hacía un ademán de echarse a llorar. Por favor, le pedí, no se preocupe, estoy para ayudarla, señora y corté la frase. Anderson, respondió. Sofía Anderson. Vaya, pensé, era una extraordinaria coincidencia, dos clientes con el mismo apellido en un solo día. ¿Cuál es el nombre de su esposo?, pregunté. Thomas, respondió, Thomas Anderson. Estuve a punto de lanzar un grito de emoción. ¿El nombre de su esposo es Thomas?, pregunté mecánicamente. Sí, confirmó al tiempo que buscaba su celular. Es él me dijo mostrándome la pantalla. No había dudas. Era el mismo Anderson que se había marchado hacía unos minutos. Era extraño que no se hubieran encontrado en el vestíbulo. ¿Y no lo mira desde hace un par de semanas?, inquirí. ¿Cómo lo sabe?, preguntó, sorprendida. Una corazonada, solo una corazonada, le dije a la vez que juntaba las puntas de mis dedos y me echaba para atrás en el sillón con un gesto de misterio. Por favor, suplicó, dígame cómo lo sabe. Pensé en mentir. Seguramente también a ella podría sacarle una buena cantidad. Sin embargo, las malditas lecciones de ética se me agolparon en la memoria. "Si llevas a cabo una acción vergonzosa, no esperes mantenerla oculta. Aunque lograras esconderla para los demás, tu conciencia sabría dónde está", aconsejaba el inoportuno Isócrates. Mi conciencia me importaba un comino, pero los clientes tarde o temprano se darían cuenta del engaño. No podría mantener viva la mentira por demasiado tiempo. Sería un alivio para mis finanzas, pero un desastre para mi reputación. Lo mejor era decir la verdad. Su esposo estuvo aquí hace unos momentos, le dije. Ella se llevó una mano al pecho. ¿Es en serio?, preguntó. En efecto, respondí, y, casualmente, vino a contratarme para que la encontrara a usted. Ella abrió los ojos, asombrada. ¿Buscarme a mí?, exclamó, eso no tiene ningún sentido. Hace dos semanas que no se aparece por nuestra casa. Es extraño, dije, eso mismo me dijo él de usted, que hace dos semanas no ha llegado a casa, aunque comentó que algunas veces le parece escuchar su voz. Ella se levantó de un salto. Eso mismo iba a comentarle. A mí también me parece escuchar su voz. Es como un eco, como si la voz proviniera del final de un pasillo. Incliné la cabeza y fruncí el ceño. Necesitaba meditar. ¿Qué tal es la relación con su esposo?, quise saber. Ella se encogió de hombros. La normal, dijo. Defina normal, insistí. Bueno, comenzó, es algo distante, él trabaja en su estudio y yo veo algunas series en la televisión. Él sale a la oficina y yo salgo de compras o tomar un café con mis amigas. A veces pienso que somos como dos extraños que, por alguna extraña razón, han heredado la misma casa. No se hablan, solamente se toleran porque ninguno de los dos está dispuesto a marcharse y perder su parte de la herencia. En ese momento me asaltó una idea absurda. ¿Y, durante el día, piensa en él? Ella bajó la mirada. La verdad es que no, dijo, solo por algunos momentos. ¿Y es en esos momentos en que le parece escuchar su voz? En efecto, respondió, ¿cómo lo supo? Otra corazonada, respondí y volví a quedarme en silencio. La descabellada idea que revoloteaba por mi cabeza tomaba más fuerza. Recordé las palabras de George Berkeley: "Todo el conjunto de los cielos y la innumerable muchedumbre de seres que pueblan la tierra, en una palabra, todos los cuerpos que componen la maravillosa estructura del universo, sólo tienen sustancia en una mente; su ser consiste en que sean percibidos o conocidos. Y, por consiguiente, en tanto que no los percibamos actualmente, es decir, mientras no existan en mi mente o en la de otro espíritu creado, una de dos: o no existen en absoluto, o bien subsisten sólo en la mente de un espíritu eterno". En pocas palabras, existir consiste en ser percibido, en ser pensado. Vi mis manos, estaban temblando. Tenía la oportunidad de demostrar empíricamente la esencia del ser. Señora Anderson, necesito que me haga un favor. Ella asintió con un gesto de la cabeza. Necesito que piense en su esposo, le pedí, pero que lo haga con mucha intensidad. No veo el sentido, me dijo. Por favor, insistí, hágalo. Ella se encogió de hombros para indicarme que no veía la utilidad de mi petición, pero suspiró y cerró los ojos. Apenas había pasado un minuto cuando llamaron a la puerta. Adelante, exclamé. No me sorprendí al ver al señor Anderson entrando a mi oficina. ¡Thomas¡, gritó ella, impresionada. El señor Anderson se detuvo en seco. Me pareció escuchar a Sofía, me dijo, su voz sonó bastante cerca. Thomas, estoy aquí, dijo la señora Anderson mientras agitaba ambas manos frente a su rostro. Debe tener paciencia, le expliqué, su esposo necesita un poco de tiempo. Señor Anderson, demandé, piense en su esposa. ¿Qué piense en ella?, preguntó ladeando la cabeza. Exactamente, respondí, hágalo en este momento. El hombre apretó los párpados por unos instantes y al abrirlos corrió a abrazar a su esposa. Ella lo apartó con las palmas de las manos. No vas a decirme que no podías verme, ¿verdad?, dijo ella con una mezcla de incredulidad y resentimiento. Te lo juro, se defendió él, solo te escuché diciendo mi nombre. Me levanté del escritorio y les pedí que me prestaran atención. Les expliqué, lo mejor que pude, la teoría del inmaterialismo o el idealismo subjetivo de Berkeley. Si dejan de pensar el uno en el otro, concluí, es como si dejaran de existir. Malditos ingleses, dijo el señor Anderson. En realidad, Berkeley era irlandés, le aclaré. Es lo mismo, dijo con desprecio. Bueno, suspiré, no es momento para entrar en discusiones sobre nacionalismos. Lo importante es que ahora están juntos, les dije con una beatífica sonrisa. Aunque yo era un desastre para las relaciones, me pareció que lo prudente era recordarles la importancia de la comunicación en un matrimonio, así que les repetí la frase de Nietzsche, por cierto, otro fracasado en el amor: "En el momento de casarse debemos plantearnos esta pregunta: ¿Crees poder conversar con tu mujer hasta que seas viejo? Todo lo demás del matrimonio es transitorio, pues la mayor parte de la vida común está dedicada a la conversación.". Ambos asintieron con un gesto de la cabeza y se tomaron de las manos. Podría decirme sus honorarios, quiso saber la señora Anderson, tras soltar la mano de su marido y dirigirse hacia su bolso. Verlos juntos sería suficiente pago, mentí descaradamente, pero ya su marido los ha cancelado. En ese caso, dijo ella, no me queda más que agradecerle sus servicios. Ella se acercó para estrecharme la mano y al tenerla cerca no pude evitar imaginarla con el bigote de Burt Reynolds. Definitivamente, dije, sin querer, se vería mejor con el de Selleck. ¿Qué ha dicho?, preguntó a la vez que me soltaba la mano. Nada, nada, respondí, tengo la mala costumbre de pensar en voz alta. Entiendo, dijo ella y regresó a reunirse con su esposo. Vámonos, Thomas, dijo y lo tomó del brazo. Cuando abandonaron la oficina me froté el mentón. Por supuesto que le quedaría mejor el bigote de Selleck, concluí, incluso si cambiara de corte de cabello, se vería muy bien con el de Charles Bronson.

ANÓNIMO

No puedo precisar el momento exacto en el que me di cuenta de que yo era el otro. He pasado horas sentado en el sillón de la sala, sosteniendo una taza de café ya helado, sin encontrar el recuerdo justo, la imagen concreta de mi primera experiencia en el papel del otro. Quizás la primera vez sucedió mientras todavía no tenía una conciencia propia. Esa es la versión que he terminado por aceptar. Nunca he logrado decidir si he tenido una buena o una mala vida. Hay recuerdos sublimes a los que recurro, como al cálido abrazo de una amante, pero también hay recuerdos terribles que desearía olvidar. He compartido la cama con miles de hermosas mujeres. He contado billetes hasta que ya no podía mover los dedos entumecidos. He conducido autos de lujo, aviones, yates. Sin embargo, también he visto morir a cientos de hijos. Me he despedido de quienes creía que eran el amor de mi vida. He sostenido las manos agonizantes de cientos de madres, de cientos de padres. No podría decir si he sido afortunado o desdichado porque ninguno de esos recuerdos, ninguna de esas sensaciones, han sido realmente míos. Siempre me han llegado de pronto, cuando menos lo espero. Siempre he sido el otro, en el que nadie piensa, al que nadie imagina cuando dice: "Dios mío, esto no me puede estar pasando a mí". Siempre he sido ese rostro anónimo que aparece cuando alguien sacude su cabeza con recelo y exclama: "Esto no me lo creo, seguro que le está sucediendo a otro". Y así pasan mis días, aguardando experiencias ajenas y soñando con el día en el que por fin deje de ser el otro y comience a ser yo mismo.

PUERTAS Y VENTANAS

Esa mañana, frente a la ventana, decidí visitar la tumba de mamá. Estaba seguro de que esta vez sí iría al cementerio, ya que lo había dispuesto frente a una ventana y, si algo nos han enseñado el cine y la literatura, es que todas las decisiones, no importa si son grandes o pequeñas, se toman siempre frente a una ventana. Además, en el momento de pensarlo, tenía las manos cruzadas tras la espalda y había levantado un poco el mentón. No tenía escapatoria. Había adoptado la postura adecuada y estaba en el lugar preciso para que mi resolución fuera irrevocable. Pensé, por algunos momentos, que nadie ha realizado un estudio serio sobre la influencia de las ventanas en nuestras emociones o, incluso, en su importancia como instrumento para acelerar o ralentizar nuestras acciones. Imaginé cuántas personas, justo en ese instante, se estaban acercando o alejando de una ventana. Seguro que eran cientos de miles, quizás millones. Algunas habían recibido una respuesta, otras habían formulado una pregunta. Si se acercaban durante el anochecer, tal vez habían perdido toda esperanza y, si se acercaban durante un amanecer, era porque creían que alguna buena noticia venía en camino. Me alejé de la ventana y fui a prepararme el desayuno. En lo personal no esperaba que me sucediera nada especial, después de todo, solo sería una visita a mamá.

Estoy seguro de que la tumba estaba aquí, le dije al administrador del cementerio. El hombre tenía un mapa sobre el escritorio. Permítame hacer una búsqueda en el sistema, me dijo mientras se dirigía a su ordenador. Yo había llegado hacía un par de horas y me había dirigido con total certeza hacia el lugar donde sabía que estaba la tumba de mamá. Era sencillo dar con ella, una fila antes de la suya, estaba enterrada toda una familia de griegos. Como en las ocasiones anteriores, encontré sin dificultad a todos los griegos, pero donde debería estar la lápida de mamá tropecé con la de otra persona. Tiene razón, dijo el administrador, en el punto donde usted señala está su madre. Pensé que era una lástima que la oficina no tuviera ventanas. La escena hubiera sido perfecta. Yo me habría dado la vuelta, dándole la espalda a la ventana, desde la cual se miraban las colinas repletas de tumbas, y le habría dicho que por supuesto que yo tenía la razón. Habría tenido un efecto dramático insuperable. Sin embargo, al no contar con una ventana, tuve que conformarme con asentir con un gesto de la cabeza y darle las gracias por haber confirmado lo que le había dicho. Permítame acompañarlo, se ofreció. Salimos de la oficina y nos dirigimos hacia la tercera colina por la derecha. Llegamos hasta las tumbas de los griegos y cuando estaba apuntando con un dedo y tomando aire para soltar mi discurso, vi la tumba de mamá. El administrador bajó un poco la mirada y me vio por encima de los lentes. No lo entiendo, dije. El tipo me dio una palmada en el hombro. No se preocupe, sucede con más frecuencia de lo que se imagina. A veces, cuando no los visitan tan a menudo, los residentes se esconden o, por lo menos, eso es lo que me han dicho las personas que, como usted, tienen problemas para ubicar sus tumbas. Me pareció extraño que se refiriera a los fallecidos como residentes. La palabra parecía asociarse solo con los vivos. Aunque, si lo pensaba bien, por algo llamaban a los cementerios la última morada. Vi de reojo al administrador. Tenía un aura meramente mercantil, como si lo dividiera todo en ganancias y pérdidas. Seguro que, cuando estaba solo, se refería a los difuntos como clientes. Aunque, en ese caso, me dije, quién era en realidad el cliente: ¿el muerto o sus deudos? Y, puestos en eso, ¿el cliente es el que paga o el que recibe el servicio? Si es quien recibe el servicio, pues el difunto sería el cliente; pero, si es quien paga, los clientes serían sus familiares. Solo que, entonces, allí surgía una nueva dificultad: ¿y si los deudos habían pagado con el dinero del difunto? Lo dejo, me dijo el administrador, debo atender a otros clientes. Quise preguntarle si estaban vivos o muertos, pero me limité a agradecerle su ayuda con una sonrisa.

Cuando quedé solo reparé en que no había comprado flores. Siempre las he considerado un regalo inútil. Apenas duran unos días y luego se marchitan. Sería mejor gastar el dinero en algo más permanente. Aunque, tal vez, lo importante sea el simbolismo de invertir en algo efímero. Sería como decir, te aprecio tanto que no tengo reparo en pagar por algo que existirá por muy poco tiempo. Quizás, lo importante no es lo que perdura, sino lo que se debe renovar constantemente. Vuelvo pronto, le dije a mamá y caminé hacia los quioscos en la entrada del cementerio. Pedí un pequeño arreglo con rosas y jazmines en una canastilla de mimbre. Regresé a la tumba y, de nuevo, la lápida tenía una inscripción diferente. Era la de una mujer de nombre Juana. Cerré los ojos con fuerza y aguardé varios segundos antes de abrirlos. Fue en vano, seguía leyéndose Juana en lugar de Martha, el nombre de mamá. Por principios concluí que sería inútil regresar a la oficina del administrador. Me di la vuelta. Allí estaba la fila de tumbas griegas. Resultaba evidente que estaba en el lugar correcto. Para ser una broma no me parecía una actitud propia de mamá. Por supuesto que su resentimiento había sido legendario, pero también lo era su falta de sentido del humor. Todo era demasiado extraño. Será mejor que venga otro día, le dije. Estaba a punto de marcharme cuando se me acercó una mujer. Su rostro mostraba un enorme desconcierto. No lo entiendo, murmuraba, no lo entiendo. Es muy común tener ciertas familiaridades con los extraños, así que no dudé en preguntarle si podía serle de alguna utilidad. Me daría vergüenza contárselo, dijo, es algo extraño y bochornoso a la vez. La mujer era bastante atractiva, así que esos dos adjetivos, dichos en otras circunstancias, hubieran resultado bastante excitantes. En ese lugar solo me movían a la curiosidad. No se preocupe, dije para confortarla, yo, por ejemplo, he perdido la tumba de mi madre. Ella abrió los ojos y echó la cabeza hacia atrás. Eso es precisamente lo que me ha sucedido, confesó, no logro entenderlo. No quise repetir lo que me había contado el administrador sobre los muertos que se ocultan por puro resentimiento para no ofenderla. Ella se acercó para extenderme la mano. Sofía, dijo. Juan, respondí mientras le devolvía el saludo. ¡No puedo creerlo!, exclamó de pronto. Sé que no tengo cara de llamarme Juan, dije, siempre me han dicho que mis facciones corresponden más a un Arturo, pero qué le vamos a hacer, caprichos de mi padre. No, me corrigió a la vez que señalaba hacia el suelo, esta es la lápida de mi madre. Bajé la mirada. Es esta, afirmó, lo dice claramente, Juana Ramírez. Vaya coincidencia, fue lo único que acerté a expresar. Ninguna coincidencia, dijo, esto es algo increíble. Hace un par de años, agregó, tomé algunas fotografías. Sé que las tengo en la memoria del celular. Tomó el aparato y empezó a deslizar el índice a gran velocidad sobre la pantalla. ¡Aquí está!, gritó emocionada al tiempo que acercaba el celular a mi rostro. Tenía razón. Las lápidas a los lados de la de su madre eran por completo diferentes. Ambos quedamos con cara de pasmo. Entiendo que no es una palabra muy agradable, pero era la única que podía definir nuestras emociones. Por supuesto que al llegar a casa la busqué en el diccionario. "Pasmo: admiración y asombro extremados, que dejan como en suspenso la razón y el discurso". Así que, una vez hechas las aclaraciones pertinentes, seguimos un buen rato con nuestro pasmo recién adquirido. ¿Qué cree que ha sucedido?, preguntó ella, una vez superada la suspensión de la razón y el discurso. Se me ocurren algunas posibilidades, le dije. La primera es que se trate de una especie de alucinaciones colectivas. Pero tengo las fotografías, refutó ella. Buen punto, reconocí. ¿Y si algún evento ha producido una alteración en la realidad?, dijo, imagínese la realidad como la superficie de un estanque, continuó, algún fenómeno desconocido ha caído como si fuera una piedra y ha generado ondas de choque que han movido los objetos de lugar. Mientras hablaba no pude evitar imaginarla con una bata blanca, unos gruesos lentes de carey que acentuaban el brillo de sus ojos y el cabello recogido en un sensual moño. ¿Qué le parece?, preguntó. Que le luce mucho llevar el pelo recogido, dije. De qué está hablando, dijo, si lo llevo suelto. Sacudí la cabeza e inventé una rápida excusa. Me parece una excelente posibilidad, reconocí. La verdad es que era mucho mejor que la mía sobre alucinaciones colectivas. Debía pensar en algo ingenioso para no quedar como un tonto. Bajé la mirada y me froté el mentón. Si tan solo tuviera una ventana, me dije. Esa es otra de las utilidades comprobadas de cualquier ventana. Son una excelente fuente de inspiración. Dejé de frotarme el mentón para pasar a las sienes. El cambio tuvo un efecto inmediato. Una pregunta, dije, ¿cuál nombre encontró en lugar del de su madre? Martha González, respondió. Es el nombre de mi madre, aclaré, y creo que ya voy entendiendo por dónde va todo esto. Tengo ya más de cuarenta años y sigo soltero. No quiero morirme sin conocer a mis nietos, era una de las cantaletas favoritas de mamá. Era un suplicio salir con ella. Cada mujer era una potencial pareja. Incluso en su lecho de muerte sus últimas palabras fueron: "Pero, muchacho, quítate esa barba que te aumenta por lo menos quince años, así nunca vas a conseguir esposa". Te quiero mucho, le dije para desviar el tema. Yo también, me respondió con un hilo de voz, pero cariño no quita conocimiento. Hazme caso y cómprate también ropa nueva. Mamá era todo un caso, por lo que no me parecía tan descabellado que, incluso ahora, moviéndose tres metros bajo tierra, estuviera en su papel de casamentera. Miré a Sofía con los ojos entrecerrados. Es soltera, ¿verdad?, consulté. No es algo que sea de su incumbencia, respondió a la defensiva. Entonces es soltera, le dije en tono de afirmación. Ella apretó los labios. Y seguro que su madre le reclamaba siempre por eso, continué. ¿A qué viene todo esto?, preguntó ya enfadada. Extendí las manos con las palmas hacia afuera. No se moleste conmigo, le dije, déjeme que se lo explique. Le conté mi historia con mamá, sus continuos reclamos por mi soltería, sus múltiples y fallidos intentos por encontrarme esposa. Vaya, dijo Sofía, me parece que está hablando de mi madre. ¡Exactamente!, dije. Así que su teoría, añadió Sofía, es que nuestras madres lo han planeado todo para que liguemos. Algo así, confirmé. Ella pareció meditarlo por unos momentos. Tiene cierta lógica, reconoció, claro, siempre y cuando aceptemos que bajo nuestros pies nuestras difuntas madres están aguardando para ver cómo termina esto. Es lo que pienso, dije. De pronto ella entrecerró los ojos. También hay otra posibilidad, dijo, que usted lo haya planificado todo. Puede tratarse de un acosador. Me ha seguido durante días, ha investigado mi vida y luego ha sustituido las lápidas. Es probable que ni siquiera sea el nombre de su madre. Me reí. Me gustaría que solo se tratara de eso, pero le aseguro que le digo la verdad. No soy tan listo para inventar algo así y, si fuera un acosador, no cree que preferiría una víctima, digamos, un poco más joven. La bofetada resonó por todo el cementerio. Es usted un cretino, me dijo con los ojos llenos de furia. Por favor, discúlpeme, pedí, pero no va a negar que su teoría puede parecer correcta, aunque es poco factible. Demasiadas partes de ese plan dependerían del azar para que pudiera llevarse a cabo con éxito. Ella pareció pensarlo. Tiene razón, concedió, además, no tiene el aspecto de ser tan inteligente. Es un plan demasiado refinado para alguien como usted. Sonreí. Por lo visto era de las personas que deben responder de inmediato cualquier afrenta. Le propongo algo, regresemos mañana a horas diferentes y luego nos encontramos en el café frente al edificio de correos. Le recomiendo que la primera vez busque sola la tumba de su madre y luego lo haga junto al administrador. Me parece bien, dijo, y lo siento por la cachetada. No es nada, mentí. Nos despedimos con un nuevo apretón de manos. Cuando se había alejado unos pasos, la llamé por su nombre. Ella se detuvo. Una pregunta más, pedí. Ella asintió. ¿Prefiere puertas o ventanas?, le pregunté. Era una pregunta extravagante, pero no desentonaba con lo insólito de nuestro encuentro. Puertas, respondió de inmediato. ¿Por qué?, inquirí. Porque las puertas nos permiten pasar de un lugar a otro, dijo, al abrir una puerta tenemos la certeza de que estamos avanzando. Las puertas abiertas representan cambio, movimiento, evolución. ¿Y las ventanas?, quise saber. No me interesan las ventanas, dijo, en casa siempre corro las cortinas. Fingí una sonrisa y agité una mano. Mañana veremos si su teoría es correcta, dijo antes de darse la vuelta, y tal vez podamos hablar un poco más. Por supuesto, dije, mientras pensaba que jamás tomaría un café con alguien que no aceptara la indudable superioridad de las ventanas. Si hasta existía una frase que lo demostraba: cuando se cierra una puerta, siempre se abre una ventana. Bajé la mirada hacia la lápida. Buen intento, mamá, dije, mejor suerte para la próxima. Yo también me marché, mientras pensaba si, allá abajo, mamá tendría ventanas.

NADA PERMANECE OCULTO

Aquella tarde, en la oficina, Marcela gritó que había perdido uno de sus aretes. Repetía que no se trataba de zirconio, sino de un brillante legítimo, herencia de su abuela. Revisamos sin éxito hasta el último rincón. A la hora de la salida, Marcela seguía llorando. Cuando encendí la luz al llegar al apartamento percibí un pequeño destello proveniente de la mesa de la sala. Me acerqué extrañado. Era un arete con un brillante. Era, además, idéntico al que nos había mostrado Marcela. No lograba explicármelo. Al día siguiente llegué más temprano que de costumbre y lo dejé entre un par de carpetas sobre el escritorio de Marcela. Unos días después fue Javier quien no encontró su pluma de oro. Pero si la llevaba en el bolsillo de la camisa, se lamentaba. Esa noche también encontré la pluma sobre mi mesa. Fui al baño y me paré frente al espejo del botiquín. Saqué la lengua y con el índice bajé el párpado inferior de mis ojos. No sabía qué buscar, pero me pareció el procedimiento correcto para esos casos. Estaba seguro de que padecía de algún tipo de sonambulismo diurno agravado con episodios de cleptomanía. De alguna forma lo que se perdía en la oficina aparecía en mi apartamento. Al día siguiente repetí el procedimiento y dejé la pluma bajo la bandeja de la impresora. Esa misma tarde, María extravió la carpeta con un importante informe. No hubo manera de encontrarla. Según supe, María se quedó hasta la madrugada intentando reconstruir los documentos. Desde luego, la carpeta descansaba con cierta insolencia sobre mi mesa. Mi caso debía ser grave. No recordaba haber tomado la carpeta y, mucho menos, salir de la oficina, dejarla en mi apartamento y luego regresar al trabajo. La situación me sobrepasaba. Un viernes Martha exclamó que había perdido dos horas de su vida leyendo un aburrido reporte y, un poco después, Antonia, que es casi una santa, se quejó de que el jefe de departamento la había hecho perder su legendaria paciencia. Vaya, pensé, por lo menos no se ha perdido algo importante. Esa tarde, cuando entre al apartamento, me embargó una extraña beatitud. Me sentía como un santo que aguarda con gozo el cercano martirio. La paciencia de Antonia, pensé. En ese instante miré mi reloj. La pantalla digital debía marcar las seis; sin embargo, indicaba que eran las cuatro de la tarde. Eran las dos horas de Martha. Me dejé caer sobre el sillón. En ese instante sonó mi celular. Era un número desconocido. Sabía que se trataba de una oferta de televentas, pero aun así contesté la llamada. El vendedor me ofreció una nueva tarjeta de crédito. Escuché, sin inmutarme, las bondades de la tarjeta. Los cobros tendrán apenas un recargo del 75 por ciento anual, decía el tipo, no me explico cómo el banco puede afrontar ese nivel de pérdidas. Cuando finalizó su presentación le dije amablemente que no me interesaba el producto. Me había vuelto paciente, no tonto. De pronto se me ocurrió una idea extrema para probar mi recién adquirida paciencia. Activé el cronómetro en mi reloj de pulsera y marqué el número de mi exesposa. Respondió al quinto intento. ¿Qué quieres?, me preguntó con un tono de fastidio. Escucharte, le dije. La respuesta pareció sorprenderla. ¿Qué quieres qué?, volvió a preguntar. Solo escucharte, repetí, que me cuentes cómo fue tu día, cómo va la relación con tu hermana, la dieta, la oficina, lo que quieras decirme. ¿Estás borracho?, me preguntó en un tono de regaño. Lo negué varias veces. Está bien, accedió finalmente. Habló sin parar por más de una hora y durante ese tiempo no me limité a decir ajá o ujú ni a intercalar mecánicamente algunas interjecciones. Realmente estaba interesado en su conversación. Cuando terminó de contarme su día, su voz sonaba más alegre. Si siempre te hubieras portado así, me dijo, quizás lo nuestro hubiera funcionado. Es posible, reconocí. Podríamos quedar para tomarnos un café, me dijo, ¿qué harás mañana? Depende, le respondí. ¿De qué?, me preguntó con una risita. De lo que se pierda mañana en la oficina. No te entiendo, exclamó. Estaba a punto de explicárselo todo cuando sonó la alarma del cronómetro. Ya se habían acabado mis dos horas extras. No te entiendo, insistió. En ese momento sentí una terrible aversión al timbre de su voz. Por lo visto también se me había terminado la paciencia ajena. Te llamo otro día, le dije secamente, y corté la llamada.

PÁGINAS

Mónica enciende la lámpara de la mesa de noche y toma el libro que compró esa mañana en una librería de viejo. Léelo cuando estés sola, dice la dedicatoria fechada varias décadas atrás. Así que podría leerlo en cualquier momento, piensa Mónica. Hace mucho tiempo que está sola. Hay otras prioridades, se justifica al tiempo que se encoge de hombros. Se sirve una copa de vino y se mete a la cama. Pasa las hojas y encuentra el primer capítulo. Lee las primeras páginas y no puede evitar el impulso de lanzar el libro. Está asustada. Las páginas describen lo que ha hecho esa mañana, detalle a detalle. El personaje incluso lleva su mismo nombre. Toma nuevamente el libro y busca el colofón. Descubre que fue impreso hace cuarenta años. Regresa las páginas. En ese momento, el personaje también ha descifrado que su vida está contenida en una novela. La Mónica de la historia se levanta de la cama, con el libro en las manos y se dirige a la ventana. Sin que haya podido evitarlo, Mónica ha hecho exactamente lo mismo. Ahora está frente a la ventana. Lanza el libro sobre la cama sin darse la vuelta. El libro cae sobre el lomo. Mónica levanta la hoja de la ventana. El viento que entra en la habitación agita las páginas del libro. Mónica cierra los ojos y al abrirlos está sentada frente a la barra de un bar. Mira a su alrededor. Todos llevan ropas anticuadas y el decorado del bar le recuerda la escena de un filme de época. Un hombre se acerca y le ofrece un trago. Es un hombre apuesto que irradia seguridad en sí mismo. ¿Por qué no?, se escucha responderle. El hombre ordena los tragos, sin preguntarle qué desea beber. Ella sonríe. Cree que todo se trata de un sueño y lo mejor es dejarse llevar. Un par de horas después, el hombre la conduce a su habitación. Vive en un elegante edificio de apartamentos a unas cuadras del bar. Han llegado caminando y durante el trayecto, él le ha dicho su nombre. Humberto. Paulina, ha dicho ella. Es solo un sueño, se ha repetido antes de mentir. Ahora puede ser quien ella desee ser. En la habitación, Humberto le acaricia los hombros, mientras baja los tirantes de su vestido. Luego la toma por la cintura y la atrae hacia sí. Mónica cierra los ojos, previendo el beso. Espera unos segundos sin que suceda nada. Abre los ojos y en lugar de ver a Humberto, hay un hombre calvo y obeso que la señala con vehemencia. Será mejor que confiese, le dice el hombre. Mónica baja la mirada y se percata de que está esposada. Sus huellas están en el arma y el forense ha descubierto restos de pólvora en sus manos. Es un sueño extraño, piensa, pero es solamente un sueño. Quiero un abogado, dice, recordando que, aunque se trate de un sueño, eso es lo que debe pedir. El hombre resopla enfadado y sale de la habitación. Mónica echa la cabeza hacia atrás y vuelve a cerrar los ojos. Si está en lo correcto, cuando los abra, estará en otro lugar. Mueve los párpados lentamente, anticipando que cuando los abra por completo volverá a estar acostada sobre su cama. Sigue sentada. Ahora hay un par de docenas de personas frente a ella. Quiere moverse, pero descubre con alarma que está inmovilizada. Mónica Fernández, dice alguien a su costado, el Estado la ha condenado a morir en la silla eléctrica, ¿tiene algo que decir antes de que se ejecute la pena? Mónica abre la boca, sin embargo, no puede articular una sola palabra. Aunque se trate de un sueño, está aterrorizada. Solo debo cerrar los ojos, se conforta, solo debo cerrar los ojos. Un dolor implacable le recorre el cuerpo como un río de lava. Siente que la sangre hierve dentro de sus venas. Abre los ojos y mira los rostros horrorizados de la concurrencia. El suplicio no se detiene. Ya no importa cuántas veces abra y cierre los ojos. El sufrimiento se mezcla con el miedo al descubrir que está atrapada, quizás para siempre, en la atroz agonía de ese instante.

En la habitación de Mónica, la hoja ha caído, cerrando la ventana. Ya no hay ninguna corriente de aire que agite las páginas del libro que ha quedado abierto justo en la escena de la ejecución.

ÍNDICE

UNIÓN
EDITORIAL
CENTROAMERICANA

Impreso en Estados Unidos para Casasola LLC

Primera Edición

MMXXIII ©

www.ingramcontent.com/pod-product-compliance
Lightning Source LLC
Chambersburg PA
CBHW020729250626
47155CB00006B/2217